Stefan Miehling

Würfelzucker

Novelle

Literareon

Vorwort

Eine junge Frau stellt sich einer großen Herausforderung - ohne zunächst zu ahnen, wie groß die Herausforderung wirklich ist. Binnen Minuten erfasst sie deren Dimension und nimmt sie an. Kurze Zeit später erfährt sie von der Bewohnerin einer Seniorenresidenz, dass das Leben noch weitaus größere Herausforderungen bereithalten kann ...

Eine spannende, zeit- und generationenübergreifende Novelle zwischen Gegenwart und Vergangenheit mit dramatischen und emotionalen Momenten, einer Vielzahl an Charakteren und einer klaren politischen Botschaft.

Der Autor wünscht viel Freude beim Lesen.

I

Mit einem leichten Plumpsen verschwindet das Stück Würfelzucker in der Kaffeetasse. Rasch sinkt es zu Boden und beginnt, sich aufzulösen, bis es völlig verschwunden ist. Sich aufbrauchen, um Geschmack zu bewirken, um etwas Höheres zu erreichen; sich verzehren, um etwas Bestehendes zu erhalten, es vor der Zerstörung zu bewahren. Der Blick schweift vom Rand der Kaffeetasse über den Rand des Tisches zu einer Concorde, die in der Ecke des Raumes als Modell im Maßstab 1:50 in einer Glasvitrine ausgestellt ist …

Eine Durchsage reißt Bettina abrupt aus ihren Gedanken: »Attention please, attention please! Passengers of flight AA2124 to Vienna, please go to gate 24! Passengers of flight AA2124 to Vienna, please go to gate 24! Thank you!« Eine Änderung, denkt Bettina, und schaut auf ihr Smartphone. Tatsächlich, und 21 Minuten Verspätung hat der Flug schon jetzt. Langsam trinkt sie ihren Kaffee aus, stellt die Tasse auf das Tablett, steht auf, wirft sich den Rucksack über die Schulter und stellt das Tablett in den Abräumwagen. Dann verlässt sie das Café und reiht sich ein in die dichte Menschenmenge, die, einem Ameisenhaufen gleich, den Anschein eines chaotischen Gewusels erweckt.

Heute, drei Tage vor Heiligabend, ist hier auf dem Flughafen London-Heathrow die Hölle los. Fast alle wollen nach Hause fliegen, um Weihnachten bei der Familie zu verbringen, oder in den Weihnachtsurlaub aufbrechen. Auch Bettina hat nun zwei Wochen Weihnachtsferien. Die 21 Jahre alte Frau mit der dunkelblauen Jeans und der weißen Winterjacke hat kurzes, aber dichtes blondes Haar, das seitlich am Kopf entlang in leichten Wellen verläuft und die Ohren zur Hälfte bedeckt. Hellblaue Augen schauen das Gegenüber durch eckige Brillengläser an und runden die attraktive Erscheinung ebenso ab wie das kantige Gesicht, der leicht bräunliche Teint und ein nicht selten bezauberndes Lächeln auf den Lippen, das Lebensfreude und Zuversicht ausstrahlt. Sie hat eine korpulente Statur und wird mit ihren 1,84 Metern Körpergröße durchaus wahrgenommen. Bettina studiert Luft- und Raumfahrttechnik an der Technischen Universität Wien und verbringt gerade ihr Auslandssemester in London, ermöglicht durch das Erasmus-Austauschprogramm der Europäischen Union. Am Flughafen Wien-Schwechat erwartet sie Rainer, ihr Freund, bei dem sie eine Nacht verbringen möchte. Und dann geht es endlich zur Familie ins heimatliche Klosterneuburg, zu Vater und Mutter, zu Bruder Georg und zu Lapsus, dem Familienhund, einem Golden Retriever. Bettina freut sich auf unbeschwerte Tage am Kamin, auf schöne Abende an Krippe und Weihnachtsbaum, auf Georgs Klavierspiel, auf Spaziergänge mit Lapsus an der Donau, auf einen Stadtbummel im weihnachtlichen Wien ...

An Gate 24 hat sich inzwischen eine lange Menschenschlange gebildet. »Der Flieger wird voll«, denkt Bettina. Sie greift in die Hosentasche und schaltet das Smartphone aus. Während sie in der Schlange langsam voranschreitet, denkt sie mit Grauen an den Vorfall Ende November zurück. Nach einem langen Studientag mit zwei Vorlesungen, zwei Seminaren und vierstündigem Lernen in der Hochschulbibliothek beschloss sie gegen 23.30 Uhr, nach Hause zu gehen - zu ihrem Studentenzimmer mit seinen 21 Quadratmetern einschließlich Nasszelle und Kochnische. Gut die Hälfte des Weges führt entlang der Themse. Da sie hier in London kein Fahrrad hat und die Nutzung von Bus und U-Bahn für ihren Weg nicht sinnvoll ist, geht sie regelmäßig zu Fuß. Wie schon an den Tagen zuvor, hatte sich auch an jenem Tag Ende November seit den Nachmittagsstunden dichter Nebel in London ausgebreitet, insbesondere entlang der Themse. Es ist um diese Jahreszeit und um diese Uhrzeit wahrlich kein Vergnügen, hier allein zu Fuß zu gehen - schon gar nicht als Frau. Bettina versuchte, so gut es ging, das mulmige Gefühl zu verdrängen. Als sie an einem Müllcontainer vorbeiging, öffnete sich plötzlich der Deckel, ein Mann sprang heraus, packte sie am Hals und drückte sie gegen die Hauswand. Sofort begann Bettina, laut zu schreien. Der Mann versuchte, sie in eine Toreinfahrt zu ziehen. Doch groß, kräftig und durchtrainiert, wie sie war, gelang es ihr, sich loszureißen und zu fliehen. Der Mann folgte ihr auf dem Fuße, doch konnte er sie zunächst nicht einholen. Ein Anwohner, der zu später Stunde noch seinen Hund ausführte, sah die Szenerie. Sofort hetzte er seinen Hund auf den Mann. Laut bellend nahm die große Dogge die Verfolgung auf. In rasantem Tempo näherte sich das 70 Kilogramm schwere Tier dem Mann und sprang ihn von hinten an. Der verlor das Gleichgewicht, stolperte über die Kaimauer und stürzte in die Themse. Nach dem Aufschlagen auf das Wasser war von ihm nichts mehr zu hören und auch nichts mehr zu sehen.

Völlig erschöpft setzte sich Bettina auf die Kaimauer. Sie war nicht nur außer Atem, sondern zitterte auch am ganzen Körper. Der Anwohner pfiff seinen Hund herbei und ging zu ihr. Er erklärte, dass er die Polizei rufen und als Zeuge zur Verfügung stehen werde. Zwei Minuten später tauchte im Nebel ein Streifenwagen auf. Die Beamten nahmen den Vorfall auf und schalteten die Wasserschutzpolizei ein. Vier Tage später erhielt Bettina von der Polizei die Nachricht auf ihr Smartphone, dass der mutmaßliche Verfolger flussabwärts bei Gravesend tot aufgefunden worden sei. Was hatte er nur vorgehabt? Wollte er sie ausrauben? Oder gar vergewaltigen? Sie würde es nie erfahren.

Nun gelangt Bettina an den Gate-Ausgang. Die beiden Mitarbeiterinnen der Airline grüßen kurz und schauen ein letztes Mal auf die Boarding Card. Dann geht es durch eine wie ein Korridor geformte Gangway um zwei Kurven herum zum Flugzeug. Eine Stewardess steht an der Tür und lächelt den Fluggästen freundlich zu. Platz 21 gefunden, den Rucksack ins Gepäckfach gelegt und Platz genommen. Jetzt heißt es warten ... einfach nur warten – eine Haltung, die dem Wesen der Adventszeit in der Erwartung der Geburt Jesu Christi durchaus entspricht, in der heutigen Leistungs- und Konsumhektik aber häufig verloren geht.

Bettina freut sich auf den Flug. Fliegen ist ihre Leidenschaft, schon von Kindesbeinen an. Während andere Mädchen mit Puppen und Miniküchen spielten, malte sie Flugzeuge, bastelte Modellbausätze zusammen und ging mit ihren Eltern auf Flugschauen, so oft es nur ging. Vor allem ihr Vater begeisterte sie fürs Fliegen - kein Wunder, ist er doch Pilot bei Austrian Airlines und hat von Turbopropmaschinen über Frachtflugzeuge bis hin zu Passagierjets schon alles geflogen. Mit 14 Jahren trat Bettina in die Segelflugschule ein. Fast jedes Wochenende paukte sie die Theorie und trainierte, so oft es möglich war, auf dem Segelflugplatz Aspern am linken Donauufer. Mit 16 erwarb sie die Segelflug-Lizenz. Ihr Berufswunsch war es, Pilotin zu werden, was nicht wirklich überraschend war. Doch kurz vor der Matura spürte sie Beeinträchtigungen der Sehschärfe, Kurzsichtigkeit stellte sich ein und eine Brille wurde notwendig. Ansonsten körperlich topfit, hoch motiviert und mit sehr guten Noten bewarb sie sich dennoch für die Ausbildung zur Pilotin. Doch wie ihr Vater es befürchtet hatte, war eine Beeinträchtigung der Sehschärfe schon zu Beginn der Laufbahn ein absolutes Ausschlusskriterium. Dieser Tiefschlag hat Bettina nicht aus der Bahn geworfen. »Wenn schon nicht selbst am Steuerknüppel sitzen, dann wenigstens Flugzeuge entwickeln, konstruieren und bauen können«, dachte sie sich. So schrieb sie sich an der TU Wien für den Studiengang der Luft- und Raumfahrttechnik ein und hat diesen Schritt nicht bereut. Schon im Herbst nächsten Jahres plant sie, den Bachelor zu machen, und wenn es gut läuft, im Anschluss den Master. Auch die betrieblichen Praktika bei Flugzeugbauern in München und Donauwörth haben sie in ihrer Entscheidung bestärkt, das Richtige zu tun.

Endlich geht es los. Die Türen werden geschlossen; das Display über den Köpfen fordert dazu auf, den Gurt anzulegen. Zwei Stewardessen führen die üblichen Sicherheitsinstruktionen durch. Kurz darauf meldet sich der Pilot zu Wort, weist auf einen Sturm über der Nordsee hin, setzt die Landung in Wien für 15.10 Uhr an und beendet seine kurze Ansprache mit einem frohen Weihnachtsgruß. Das Rauschen in der Kabine signalisiert, dass Klimaanlage und Druckausgleich bereits aktiviert sind. Langsam rollt die Maschine zu ihrer Startposition. Wieder heißt es: warten. Zwei andere Flugzeuge haben Vorrang. Warten. Endlich rollt der Jet auf die Startbahn. Ein kurzer Stopp. Dann heulen die Triebwerke auf, das Flugzeug prescht vor, beschleunigt. Das Ende des Rumpelns kündigt das Abheben der Maschine an. Das Häusermeer am Boden wird kleiner, erste Wolken werden durchstoßen. Noch im Steigflug werden die Auswirkungen des Sturmes spürbar. Erschütterungen wechseln sich ab mit einem Abgleiten in Luftlöcher und einem anschließenden kräftigen Auftrieb. Dann endlich erreicht der vollbesetzte Jet seine Reiseflughöhe von 7.200 Metern.

II

»Hau ab, du Judenbrut!«

Die drei Hitlerjungen laufen drohend und einschüchternd auf das Kind zu, das im Straßengraben mit seinem kleinen hölzernen Puppenwagen spielt. Völlig verängstigt und laut schreiend läuft die kleine Sarah davon.

Oswin Weisgerber steht am Gartenzaun und hat die Szene beobachtet. Wütend presst er die Lippen zusammen, greift nach der Hacke und läuft zum Gartentor hinaus auf die Hitlerjungen zu. »He, zuhören! Ich will mit euch reden.« Doch die drei Jungen denken nicht daran, ihm diesen Gefallen zu tun. Sie geben Fersengeld und verschwinden hinter der nächsten Häuserzeile.

»So kann das nicht weitergehen«, murmelt Weisgerber vor sich hin. Er geht zurück ins Haus. Er ist allein. Seine Frau kauft gerade ein, sein Sohn ist noch auf der Arbeit. In der Küche brüht er sich einen Kaffee auf und nimmt ein Stück Würfelzucker. Mit einem leichten Plumpsen verschwindet es in der Kaffeetasse. Rasch sinkt es zu Boden und beginnt, sich aufzulösen, bis es völlig verschwunden ist. Oswin Weisgerber schaut dabei zu. »Sich verzehren, sich selbst zurücknehmen für eine gute, für eine gerechte Sache, in diesen Zeiten wichtiger denn je«, murmelt er vor sich hin. Und er fasst einen kühnen und riskanten Plan …

III

Flug AA2124 hat das Sturmtief über der Nordsee hinter sich gelassen und befindet sich jetzt über dem europäischen Festland. Eine Stewardess geht mit dem Servierwagen durch den Mittelgang und bietet Getränke und kleine Snacks an. Jetzt reißt sogar die Wolkendecke auf und rheinische Felder und Dörfer sind zu sehen. Es scheint, als würden Häuser und Äcker in der Rechtwinkligkeit der flachen Landschaft nach hinten davongetragen. Wie friedlich die Welt dort unten von hier oben aussieht ...

Plötzlich stürzt die zweite Stewardess aus dem Cockpit und ergreift das Mikrofon der Bordsprechanlage. In deutscher und englischer Sprache fragt sie in ruhigem, aber bestimmtem Ton, ob ein Arzt an Bord sei. Ein Mann und eine Frau heben jeweils die Hand. Die Stewardess winkt beide zu sich und gemeinsam gehen sie ins Cockpit. Die Tür wird geschlossen. Eine verhaltene Unruhe breitet sich unter den Passagieren aus, ungläubige Blicke richten sich auf die Tür des Cockpits.

Im Cockpit selbst ist die Situation weitaus dramatischer. Der Pilot ist auf seinem Sitz zusammengebrochen und nicht mehr ansprechbar, der Copilot klagt bereits über heftige Kopfschmerzen und massive Bauchschmerzen. Arzt und Ärztin heben den Piloten aus seinem Sitz und legen ihn hinter die beiden Pilotensitze in die stabile Seitenlage.

Noch während sie mit den medizinischen Notfallmaßnahmen beginnen, bricht auch der Copilot mit einem Stöhnen auf seinem Sitz zusammen und lässt den Kopf hängen. Auch ihn heben Arzt und Ärztin aus seinem Sitz und legen ihn neben seinen Kollegen. Nur der Autopilot hält nun das Flugzeug auf Kurs. Den Ernst der Lage erfassend, stürzt die Stewardess aus dem Cockpit und gibt ihrer Kollegin im hinteren Teil des Flugzeuges einige Zeichen, darunter ein Kreuz. Sofort eilt die Kollegin zur kleinen Teeküche neben der Toilette, ergreift einen Erste-Hilfe-Koffer und läuft damit zum Cockpit. Die Tür wird geschlossen. Unter den Passagieren wächst die Unruhe. »Da muss aber etwas Schlimmes passiert sein«, sagt eine ältere Dame. »Das sieht aber dramatisch aus, hoffentlich kommen wir hier noch lebend raus«, ruft aufgeregt ein jüngerer Mann. Bettina verspürt leichtes Herzklopfen. »Merkwürdig«, denkt sie, »ob wir zwischenlanden müssen?«

Im Cockpit bemühen sich Arzt und Ärztin um die Gesundheit der Piloten - ohne Erfolg. Beide haben erbrochen und sind bewusstlos. Ein Funkspruch ist zu hören: »Tower Cologne calling - AA2124, please answer!«

Die ältere der beiden Stewardessen fasst sich ein Herz und einen verzweifelten Entschluss. Sie stürzt aus dem Cockpit, ergreift das Mikrofon und fragt in deutscher und englischer Sprache, ob jemand eine Fluglizenz und Flugerfahrung habe. Bettina zuckt zusammen. Sie spürt, dass eine Notsituation vorliegt. Ihr Puls schlägt bis zum Hals.

Fluglizenz ja, Flugerfahrung auch - aber mit Segelflugzeugen. Sie schließt die Augen und ballt die Fäuste zusammen. Sie erinnert sich an das Stück Würfelzucker im Flughafen-Café, das sich verzehrte bis zum letzten Korn. Und sie spürt, dass es jetzt auf sie ankommt, dass sie die einzige ist, die womöglich helfen und eine Katastrophe verhindern kann. Mit dem Mut der Verzweiflung hebt sie die Hand.

Inzwischen hat die Aufregung unter den Fluggästen deutlich zugenommen. »Was geht hier eigentlich vor?« - »Sagen Sie uns, was das bedeuten soll!« - »Packen Sie endlich aus, was Sache ist!« - »Stürzen wir ab, oder was?« Die Stewardess wird scharf angegangen. Heftig winkt sie Bettina zu sich. »Was, der Teenager da soll es richten? Die hat doch keine Ahnung!« - »Ach, halten Sie Ihren Mund! Melden Sie sich doch!«, ruft ein anderer zurück. In der vorletzten Reihe beginnt eine ältere Dame zu beten: »Vater unser im Himmel, geheiligt werde dein Name ...« - »Junge Frau«, fragt ein älterer Herr, »was haben Sie denn für Flugerfahrungen? Sind Sie von der Schule geflogen?« Bettina treffen die verbalen Attacken ihrer Mitreisenden wie ein Stich ins Herz. Mit zitternden Händen ergreift sie das Mikrofon und schildert in knappen Worten ihre Beziehung zum Fliegen und ihre Fluglizenz und Flugerfahrung im Segelfliegen. Abschließend versichert sie, sich mit ganzer Kraft einzusetzen, um das Beste aus der Situation zu machen. Mehr Zeit bleibt ihr auch nicht, schon drängt die Stewardess sie ins Cockpit, begleitet von den Blicken ihrer Mitreisenden, die Verzweiflung und Hoffnung zugleich zum Ausdruck bringen.

Im Cockpit ist sie erschüttert vom Anblick der beiden auf dem Boden liegenden Piloten, die immer noch vom Arzt und von der Ärztin medizinisch betreut werden. Es ist eng und stickig, es stinkt bestialisch. Bettina nimmt auf dem Sitz des Piloten Platz. »Viel Glück, junge Frau«, sagt die Stewardess, drückt ihr fest die Hand und verlässt das Cockpit. Ein Funkspruch ertönt in energischem Tonfall: »Tower Frankfurt calling – AA2124 answer, please. Answer!« – »Der Zustand der beiden ist kritisch«, sagt der Arzt. »Eigentlich müssten wir zwischenlanden und sie ins Krankenhaus bringen.« – »Wir müssen *überhaupt* landen«, sagt Bettina eindringlich. »Für eine Zwischenlandung in Frankfurt ist es zu spät.« – »Sehen Sie überhaupt eine Chance, uns heil zur Erde zu bringen?«, fragt die Ärztin mit angsterfülltem Gesicht. Bettina wendet sich ab und beantwortet den Funkspruch: »It's okay here. We are going on!« Dann schaltet sie die Funkverbindung ab.

Bettina versucht, sich an den Instrumenten zu orientieren. Höhenruder, Seitenruder – alles im Lot. Flughöhe 7.200 Meter. Geschwindigkeit 840 Kilometer pro Stunde. Außentemperatur Minus 42 Grad Celsius. Lautstarke Ermahnungen der Stewardess dringen ins Cockpit. Hoffentlich behalten die Leute die Nerven! Hoffentlich bricht keine Panik aus! Sorgenvolle Gedanken nehmen Bettina ebenso in Beschlag wie die Aufmerksamkeit für die Instrumente. Ein Blick aufs Radar: Freie Bahn. Querruder – zusammen mit dem Seitenruder für die Kurven wichtig. Gesamtgewicht: 350 Tonnen werden digital angezeigt. »Respekt«, denkt Bettina, »kein Vergleich zu Segelflugzeugen.« Da – der Schalter für die Landeklappen. Doch wann müssen sie um wie viel ausgefahren werden? Bei der Landung müssen Windrichtung und -stärke berücksichtigt werden, ebenso die Wolkendichte. Bettina weiß natürlich, dass ein Strömungsabriss unter allen Umständen verhindert werden muss. Wo ist denn der Knopf für das Fahrwerk? Und der Druckausgleich – wie geht das bei diesem Flugzeugtyp? Wie wird der Landeanflug in Wien aussehen – von Nordwesten her oder von Südosten? Bei letzterem würde sich der Landeanflug verlängern und eine Kurve geflogen werden müssen – eine zusätzliche Herausforderung. Bettina schießt das Blut in den Kopf, ihr Puls rast wie nie zuvor, in ihren Schläfen beginnt es zu hämmern. Von der Last der Verantwortung, dieses Flugzeug sicher zu landen, fühlt sie sich schlichtweg erschlagen. Schon sieht sie sich und ihre Mitreisenden in einem gewaltigen Flammenmeer ums Leben kommen. Den Tod, diese scharfe Grenze des Lebens, so deutlich vor Augen zu sehen, erzeugt ein Gefühl würgender Bitterkeit, einschnürender Enge und lähmender Angst. Doch Bettina denkt nicht daran, dem Tod ins Auge zu sehen, ohne vorher das Äußerste versucht und das Letzte gegeben zu haben. Das Leben soll siegen, und so stemmt sie sich mit aller Macht gegen diesen Sog nach unten, gegen dieses Ertrinken in Verzweiflung, Erstarrung und Todesangst. Sie schließt die Augen, beißt die Zähne zusammen, so stark, dass stellenweise das Zahnfleisch zu bluten beginnt, und ballt die Fäuste zusammen, so fest, dass die Fingernägel sich ins Fleisch eingraben. Dabei zittert sie am ganzen Körper, was die Ärztin veranlasst zu fragen: »Junge Frau, haben Sie Schüttelfrost?« Doch Bettina überhört die Frage und konzentriert sich auf ihr Inneres. Das Leben soll siegen! Es kann und darf hier und heute nicht zu Ende sein! Ich will leben, möchte Weihnachten feiern und das neue Jahr erleben, später dann Flugzeuge bauen, heiraten, Kinder bekommen. Und natürlich haben auch ihre Mitreisenden Pläne und Träume für die Zukunft. Das alles kann und darf hier und heute nicht zu Ende sein! Nein! Auf gar keinen Fall! Das Leben soll siegen! Schon spürt sie, wie sie innerlich wieder langsam Oberwasser bekommt, sie zu klaren Gedanken wieder fähig wird. »Junge Frau?« – »Ach, seien Sie still«, blafft Bettina zurück, und die Ärztin verkneift sich jede weitere Bemerkung. Dieser Zwischenfall erinnert sie an die gestörte Kommunikation mit der deutschen Flugsicherung. Die wird das ihren österreichischen Kollegen melden. Was werden die veranlassen? Wie wird das ablaufen, wie wird das aussehen bei der Landung in Wien – sofern sie denn gelingt? Da erinnert sich Bettina an eine Mail ihres Vaters von vorgestern. Darin freute er sich nicht nur auf ein Wiedersehen an Weihnachten, sondern sprach auch von einem Flug von Wien nach Athen, den er heute Nachmittag noch durchzuführen habe. Das bringt Bettina auf eine Idee.

IV

Gerlinde Weisgerber kehrt mit vier prall gefüllten Einkaufstaschen nach Hause zurück. Ihr Mann legt gerade neues Holz in den Kamin, als sie die Haustür aufschließt. »Schon zurück?« – »Ja, Oswin.« Sie stellt die Einkaufstaschen auf den Küchentisch. »Die Leute werden immer aufdringlicher. Die Krämersfrau fragte mich, ob ich was von den Rosenthals gehört habe. Sie würden seit vier Wochen nicht mehr in ihrem Haus wohnen. Sogar der Ortsgruppenführer habe sich schon bei ihr erkundigt. Und auf dem Rückweg raunte mir der Grantlmayr zu, warum ich immer so viel einkaufen würde. Hamsterkäufe seien doch überflüssig, und die Versorgung sei durch den Krieg nicht gefährdet – erst recht nicht, wenn die Wehrmacht weiter so erfolgreich sei wie bisher.« – »Dann werden wir eben ab nächster Woche mit dem Wagen in die Innenstadt fahren und dort einkaufen. Die Einkaufstaschen verstauen wir im Kofferraum, und niemand sieht etwas.« – »Ach, Oswin, auch das werden die Leute mit der Zeit herausfinden. Sie werden beobachten, sie werden spionieren. Du spürst doch selber, wie misstrauisch sie mittlerweile sind und wie schnell sie jemanden anschwärzen. Oswin, das Ganze macht mir zunehmend Angst.« – »Gerlinde! In unserem Weinkeller sind die Rosenthals doch sicher. Sie verhalten sich ruhig und diszipliniert, nur nachts gehen sie kurz vor die Tür. Ich kann und will dieses Regime nicht unterstützen. Das ist doch Wahnsinn, was die machen! Und sie verblenden und belügen uns nach Strich und Faden. Das wird uns alles noch um die Ohren fliegen, erst recht, wenn wir den Krieg verlieren.« – »Und wenn sie die Rosenthals hier unten entdecken, wird uns das auch um die Ohren fliegen!« – »Gerlinde! Es ist nur vorübergehend. Die beiden Kinder, die Sarah und der Benjamin, schlafen jetzt schon auf den Weinfässern. Ich habe ihnen da eine Pritsche gebaut. Die Eltern sind dafür zu schwer. Sie müssen auf dem Boden schlafen. Da ist es feucht und da ist Ungeziefer. Du weißt schon – Spinnen und Mäuse. Das kann nicht mehr lange so weitergehen. Und die Gefahr, dass sie hier unten entdeckt werden, wächst mit jedem Tag.« – »Was willst du tun, Oswin?« – »Ich hab den Dederich schon angefleht, dass er eine Lösung finden soll.« – »Was hast du? Bist du verrückt?« – »Ach, Gerlinde, der Dederich hält den Mund. Auf den kann ich mich hundertprozentig verlassen. Er hat seit September letzten Jahres eine neue Stelle als Hausmeister bei der Französischen Botschaft. Er hat den Generalschlüssel. Er ist morgens der erste, der aufschließt, und abends der letzte, der abschließt. Er hat sich schon umgeschaut. Und ich hab ihm die Fotos der Rosenthals bereits übergeben.« – »Was soll das heißen, Oswin?« – »Die Rosenthals sollen eine neue Identität bekommen. Der Dederich soll die Pässe ausstellen, mit Stempel und Unterschrift, du verstehst schon. Damit sollen sie ausreisen, nach Frankreich, nach Lyon. Dort haben sie Verwandte, wie sie sagen.« – »Oh Gott, Oswin«, sagt Gerlinde Weisgerber mit tiefer Betroffenheit und schlägt die Hände über dem Kopf zusammen, »ja, und wie willst du die Rosenthals aus dem Keller schaffen? Das fällt doch auf!« – »Nachts natürlich! Und wenn das zu riskant ist, dann schlagen wir halt dem Fass den Boden aus und stecken jeden in ein Weinfass. Dann muss eben der Dederich mit dem Lastwagen anrücken, mit dem er den Diplomaten und Botschaftsangehörigen bei den Umzügen hilft. Dann sagen wir den Nachbarn eben, wir haben neue Weinfässer bekommen oder neue Möbel, was weiß ich. Der Dederich wird da mitspielen, der tickt wie wir, der fühlt sich uns verbunden. Gerlinde, das ist die beste Lösung, die ich mir vorstellen kann. Wir schaffen das! Wir stehen das durch! Wir haben schon anderes durchgestanden! Weißt du noch, vor zehn oder elf Jahren, in der Weltwirtschaftskrise, als jeder dritte Weinhändler hier in Döbling schließen musste. Wer kauft denn in der Krise noch Wein? Die Leute sparen zuerst beim Luxus. Und wie haben wir überlebt? Durch die Landwirtschaft deines Bruders. Die warf so viel ab, wir konnten noch drei arbeitslose junge Männer hier unterbringen und verköstigen. Du bist doch jeden Tag mit der Suppenschüssel zu ihnen gegangen, weißt du das noch? Was waren die dankbar! Und sobald sie wieder Arbeit gefunden hatten, sind sie fortgegangen. Der erste hat bei einer Holzhandlung angefangen, der zweite in einer Gummifabrik und der dritte, der älteste, das war Dederich. Ihm habe ich damals die Stelle als Hausmeister bei der Volksschule in Ottakring besorgt. Wir haben ihm damals geholfen - und jetzt will er uns helfen, das hat er versprochen. Gerlinde, Kopf hoch, wir schaffen das, es wird schon gut gehen.« - »Na ja, wenn du das sagst.«

V

Mit einem leichten Plumpsen verschwindet das Stück Würfelzucker in der Kaffeetasse. Rasch sinkt es zu Boden und beginnt, sich aufzulösen, bis es völlig verschwunden ist. Der Blick fällt vom Rand der Kaffeetasse über den Rand des Tisches zu einer Sachertorte in der gläsernen Verkaufstheke.

Wolfgang Weisgerber verbringt die Mittagszeit mit seiner Frau Marianne in einem Kaffeehaus im dritten Wiener Bezirk. »Du, Wolfgang, wir haben dieses Jahr für Weihnachten weniger eingekauft als voriges Jahr. Ist dir das aufgefallen?« - »Nicht wirklich. Ich habe noch keine Einkaufsanalyse gemacht. Aber wenn dem so ist, dann ist es doch gut so. Was soll dieser Konsumhype? Weniger ist doch oft mehr.« - »Da hast du recht, Wolfgang. Sogar unsere Kinder ziehen mit. Bettina wollte nur ein Paar Handschuhe und einen Schal. So bescheiden war sie schon seit Jahren nicht mehr.«

»Apropos Bettina, sie kommt heute Nachmittag aus London zurück.« – »Stimmt, aber Rainer holt sie am Flughafen ab. Sie will ja eine Nacht bei ihm verbringen. Wir müssen heute Abend bei ihm anrufen und klären, ob er sie morgen zu uns bringt oder ob wir sie bei ihm abholen sollen.« – »Was ist mit Georg? Hat er schon durchblicken lassen, wann er zu uns stoßen wird?« – »Georg hat über die Feiertage Dienst. Drei Kollegen haben sich im Laufe der Woche krankgemeldet, und da müsse er einspringen.« – »Das ist schade. Aber damit muss er halt rechnen, als Rettungssanitäter.«

Wolfgang Weisgerber schaut auf seine Armbanduhr. »Du, Marianne, ich breche jetzt schon auf zum Flughafen. Da wird heute viel los sein, so kurz vor Weihnachten. Du weißt ja, ich muss heute noch nach Athen fliegen und komme morgen wieder zurück. Morgen Nachmittag schmücken wir den Weihnachtsbaum.« Wolfgang ruft die Bedienung herbei: »Zweimal Melange mit Schlagobers, dazu zweimal Buttercrèmetorte.« Die adrett gekleidete junge Frau wuselt mit dem Stift über den Block und sagt dann: »Das macht 21 Euro, die Herrschaften.« Wolfgang bezahlt großzügig und lässt sich die Quittung aushändigen. Die junge Bedienung bedankt sich und wünscht noch einen angenehmen Tag. Die beiden stehen auf, nehmen ihre Taschen und verlassen das Kaffeehaus. Draußen nimmt Wolfgang seine Marianne in die

Arme: »Also, mein Schatz, bis morgen Nachmittag.« Dann gibt er ihr einen Kuss und ihre Wege trennen sich. Kurz vor der Kreuzung winkt er ein Taxi heran und steigt ein: »Zum Flughafen, bitte.«

Dass der Verkehr heute so dicht ist, wundert Weisgerber keineswegs. Vielmehr wundert er sich über die Art der Fahrzeuge, die sich in auffallend großer Zahl zügig zum Flughafen begeben. Rettungswagen, Krankentransportwagen, Fahrzeuge der Feuerwehr und des Katastrophenschutzes, Einsatzwagen und Mannschaftsbusse der Polizei, sogar Truppentransporter des Bundesheeres und der Luftwaffe, begleitet von Sanitätsfahrzeugen, eilen zum Flughafen. Auch Fahrzeuge öffentlicher und privater Fernsehsender sind zu erkennen. Weisgerber bekommt ein mulmiges Gefühl: »Sagen Sie«, spricht er den Taxifahrer an, »ist am Flughafen etwas passiert, ich meine, ein Unglück, ein Anschlag oder so?« – »Am Flughafen selber noch nicht«, erwidert der Taxifahrer, »aber in den Nachrichten vorhin haben sie gemeldet, dass ein Flugzeug führerlos auf den Flughafen zufliegt und sie mit einer Katastrophe rechnen.« – »Was? Was heißt denn führerlos?« – »Nach allem, was sie bis jetzt wissen, ist der Kontakt zu den Piloten schon in Deutschland abgebrochen. Nur gelegentlich sei die Stimme einer jungen Frau zu hören gewesen.« – »Oh, das kann eine Entführung sein. Wie schrecklich! Wo ist die Maschine eigentlich gestartet?« – »In London.« – »In London?« Ein tiefer Schreck fährt Weisgerber in die Glieder. Er bemüht sich sofort, sich seinen Schrecken nicht anmerken zu lassen. »Oh Gott«, denkt er, »das wird die Maschine mit Bettina an Bord sein.« Sogleich verspürt er ein Zittern am ganzen Körper, hat Schweißperlen auf der Stirn, einen trockenen Mund und einen rasenden Puls. Am Flughafen angekommen, verabschiedet er sich kurz von dem Taxifahrer und drückt ihm einen Schein in die Hand.

So abgeriegelt wie heute hat Weisgerber den Flughafen noch nie vorgefunden. Absperrbänder, von Polizisten bewacht, durchkreuzen Vorplatz und Terminals; selbst der Personaleingang an der Seite wird von zwei Kriminalhauptkommissaren flankiert. Weisgerber zückt seinen Dienstausweis und hält ihn einem der Beamten unter die Nase. »Hier kommt jetzt keiner mehr rein«, brummt der Beamte. »Aber mein Dienst beginnt gleich.« – »Hier beginnt vorerst kein Dienst mehr.« »Wolfgang, komm mit mir, schnell«, ruft jemand von hinten. Es ist Erhard, sein Chef. »Wolfgang, du musst sofort zum Tower gehen. Es ist deine Tochter, die in der Maschine aus London im Cockpit sitzt. Sie hat sich namentlich vorgestellt, kurz die Situation an Bord geschildert und möchte dich dringend sprechen.« – »Waaas? Was hat die denn geritten?« – »Ich weiß es nicht. Sie ist doch so vernarrt ins Fliegen.« – »Aber dafür würde sie doch niemals das Cockpit entern. Niemals!« – »Wolfgang, geh jetzt zum Tower und klär das mit ihr persönlich. Übrigens: Kollege Hartl übernimmt den Flug nach Athen, falls wir heute noch eine Starterlaubnis bekommen. Alles Gute, Wolfgang.« Weisgerber nickt. 1000 Gedanken schießen ihm durch den Kopf, als er sich seinen Weg zum Tower durch Menschenmassen und Absperrungen bahnt. Am Tower nimmt ihn ein Fluglotse in Empfang und gemeinsam steigen sie die Treppe hinauf. Oben angekommen, geht Fluglotsin Herrlinger, die Dienstälteste im Team, auf Weisgerber zu, gibt ihm kühl die Hand und geleitet ihn zu ihrem Platz. Mit der gleichen Ernsthaftigkeit, mit der sie ihn anschaut, spricht sie auch zu ihm: »Herr Weisgerber, der gesamte österreichische Luftraum ist gesperrt. 21 Abflüge wurden annulliert, 24 Anflüge ins benachbarte Ausland umgeleitet.« – »Oh Gott, was für ein Schlamassel«, murmelt Weisgerber vor sich hin. »Seit dem Eindringen in unseren Luftraum haben wir nur Ihre Tochter zu Gehör bekommen, zu den Piloten konnten wir keinen Kontakt herstellen. Es heißt, sie liegen schwerkrank am Boden und werden notärztlich betreut.« Die Fluglotsin schaut Weisgerber noch ernster an: »60 Kilometer westlich von Linz sind zwei Abfangjäger aufgestiegen und nehmen die Maschine von dort ab ins Geleit. Beide Piloten haben uns bestätigt, dass sie nur eine junge Frau, also Ihre Tochter, im Cockpit gesehen haben. Sie hat offensichtlich die Gewalt über die Maschine – wie und warum auch immer – an sich gerissen. Beide Piloten wurden ausdrücklich angewiesen, die Maschine nicht vorzeitig zu Boden zu zwingen. Sollte sie allerdings im Verlauf des weiteren Fluges, insbesondere beim Landeanflug, vom Kurs abkommen, ins Trudeln geraten, auf Siedlungen oder systemrelevante Infrastruktur zu stürzen drohen, bleibt ein vorzeitiger Abschuss vorbehalten.« Weisgerber stützt sich mit beiden Händen auf den Tisch, den Blick nach unten gerichtet. Ihm ist, als liege die Last der ganzen Welt auf seinen Schultern. Als er den Kopf hebt, atmet er tief durch und schaut aus dem Fenster. Tausende Menschen stehen vor den abgesperrten Terminals, dutzende Dienstfahrzeuge des Staates und der Hilfsorganisationen stehen aufgereiht entlang der Landebahn – mit großem Abstand. Und minütlich werden es mehr. »Die Maschine«, fährt die Fluglotsin fort, »hat Linz passiert und sollte nun den Landeanflug einleiten. Herr Weisgerber, bitte geben Sie Ihrer Tochter die notwendigen Instruktionen zur Landung.« Weisgerber zögert kurz, dann packt er das Mikrofon mit beiden Händen und brüllt hinein: »Bettina!« – »Ja, Vater, endlich!«, ist deutlich zu vernehmen. »Bettina, was machst du da im Cockpit? Bist du wahnsinnig geworden?« Die Fluglotsin zuckt zusammen, reißt ihm das Mikrofon aus der Hand und redet mahnend auf ihn ein: »Herr Weisgerber, das ist jetzt nicht der richtige Zeitpunkt für Aufregung und Vorwürfe. Das Leben von 150 Menschen liegt in Ihren Händen und denen Ihrer Tochter. Reißen Sie sich zusammen, bewahren Sie einen kühlen Kopf und geben Sie klar und eindeutig die notwendigen Landeinstruktionen. Das ist die einzige Chance, die wir noch haben, um eine Katastrophe zu verhindern.« Weisgerber nickt wie ein kleiner Schuljunge, der gerade von seiner Lehrerin zurechtgewiesen worden ist, schaut demütig in das Gesicht der Fluglotsin und bittet leise um Entschuldigung. Dann nimmt er zügig Platz und positioniert das Mikrofon vor seinem Mund. »Bettina!« - »Ja.« - »Ich bitte um Entschuldigung dafür, dass ich eben ausgerastet bin. Du musst jetzt die Landung einleiten. Übrigens, hast du schon mit den Piloten der beiden Abfangjäger gesprochen?« - »Nein.« - »Dann tu das jetzt zuerst und sage ihnen, dass ich als dein Vater und erfahrener Pilot die Landung instruieren werde.« - »Mach ich.« Nach etwa einer halben Minute meldet sich Bettina zurück: »Erledigt, Vater. Beide haben verstanden.« - »Gut, Bettina. Du musst jetzt die Landung einleiten. Leite folgende Vorgänge in dieser Reihenfolge ein: Druckausgleich aktivieren - Landeklappen um 15 Grad ausfahren - Schub um 50 Prozent reduzieren. Hast du die Instrumente im Blick?« - »Ja, hab ich.« - »Dann ausführen und bestätigen.« Mit einem leichten Ruck und einem spürbaren Absinken gelangt der Jet in den Landeanflug. Einzelne Schreie aus der Kabine begleiten diese Phase. Nach 20 Sekunden meldet sich Bettina zurück. Die Schreie aus dem Hintergrund sind deutlich zu hören. »Druckausgleich aktiviert - Landeklappen um 15 Grad ausgefahren - Schub um 50 Prozent reduziert.« - »Gut, Bettina. Aber die Leute müssen jetzt die Nerven behalten. Niemandem ist geholfen, wenn einzelne ausrasten und womöglich das Cockpit stürmen. Die Stewardessen sollen den Leuten sagen, dass ich als dein Vater und erfahrener Pilot die Landung anweise. Das wird sie hoffentlich beruhigen.« - »Mach ich, Vater.« Nach einer knappen Minute meldet sich Weisgerber zurück: »Bettina, was zeigt der Höhenmesser an?« - »6.800 Meter.« - »Gut. Du wirst von Nordwesten kommend Landebahn zwei anfliegen - über Klosterneuburg, Floridsdorf, Donaustadt und Schwechat. Das ist einfacher als auf der anderen Donauseite den Wienerwald zu überfliegen und die letzten fünf Kilometer mit einer scharfen Linkskurve zu passieren. Übrigens, die Feuerwehr ist gerade dabei, einen Schaumteppich auf Landebahn zwei anzulegen.« - »Was, einen Schaumteppich?« - »Ja, Bettina, die tun hier alles für eure Sicherheit. Der ganze Flughafen ist gesperrt, auch der gesamte österreichische Luftraum. Du bist die einzige, die hier gerade fliegt.« Bettina muss heftig schlucken, so heftig, dass ihr Vater im Tower es hört. »Was ist, Bettina?« - »Alles gut, Vater.« Doch Weisgerber spürt ihre Anspannung und spürt auch, wie ungeschickt es war, die öffentliche, ja landesweite Fokussierung auf sie und ihr Flugzeug hervorzuheben. Deshalb verkneift er sich den Hinweis auf die zahlreichen Sicherheitsbeamten, Kranken- und Rettungssanitäter, gestrandeten Passagiere, Presseleute und Schaulustigen. »Was sagt der Höhenmesser?« - »6.000 Meter.« - »Okay. Wie geht es eigentlich meinen beiden Kollegen?« - »Unverändert kritisch. Sie müssten wohl nach der Landung sofort in ein Krankenhaus gebracht werden.« - »Oh, das dürfte kein Problem werden«, entgegnet Weisgerber beim Anblick der zahlreichen Rettungs- und Krankenwagen. »Welche Höhe wird angezeigt?« - »5.500 Meter.« - »Alles im grünen Bereich. Die Windgeschwindigkeit hier in Wien beträgt zur Zeit 24 Kilometer pro Stunde, aus Norden kommend. Allerdings setzt hier nun leichter Schneefall ein, die Wolkendecke ist sehr dicht und hängt tief, auf rund 200 Meter.«

Der weitere Verlauf des Landeanfluges gestaltet sich problemlos. Planmäßig verliert die Maschine an Höhe, nur gelegentliche Turbulenzen sorgen für einige Erschütterungen. Die Passagiere verhalten sich jetzt ruhig und diszipliniert, nachdem sie von den Stewardessen in energischem Tonfall angewiesen worden sind, ihre Plätze einzunehmen und sich anzuschnallen. Doch vielen steht die Angst ins Gesicht geschrieben, der Blick geht häufig ins Leere und manch einer murmelt irgendetwas Unverständliches vor sich hin.

Etwa 15 Minuten später nähert sich die Maschine von Nordwesten her dem Wiener Flughafen. In 700 Metern Höhe fliegt der Jet über Klosterneuburg, die Heimatstadt der Weisgerbers. Doch die dichte Wolkendecke verhindert den Blick auf die Erde, die zahlreichen Weinberge und die imposante Klosteranlage des Augustiner-Chorherrenstifts. Auch die Donau, die nun überquert wird, ist nicht zu sehen. »Bettina, über Floridsdorf einschwenken auf Süd, Landeklappen auf 25 Grad.« – »Ja, Vater.« – »Höhe?« – »500 Meter.« Die Maschine neigt sich leicht zur rechten Seite, verzögert dabei. Einzelne Fluggäste beginnen zu schreien. »Ruhe!«, donnert die Stewardess. »Bettina, über Donaustadt einschwenken auf Ost-Süd-Ost; Fahrwerk ausfahren.« – »Okay, Vater; wo ist der Schalter für das Fahrwerk?« – »Unten links, der mit dem roten Gummiüberzug.« In ihrer Aufregung und ohne genau hinzuschauen, greift Bettina daneben: Der Gummischalter, den sie in der Hand spürt, setzt die Scheibenwaschanlage in Gang. Wieder überquert der Jet die Donau. Nur noch wenige Kilometer trennen ihn vom Flughafen. »Bettina, Landeklappen auf 35 Grad. Hast du das Fahrwerk ausgefahren?« - »Hab ich.« - »Leuchtet das Fahrwerk-Symbol im Display auf?« - »Äh ... nein.« - »Wie, nein?« - »Da leuchtet nichts auf.«

Plötzlich durchbricht das Flugzeug die Wolkendecke und nähert sich mit 420 Kilometern pro Stunde der Landebahn zwei - ohne Fahrwerk. Im Tower herrscht blankes Entsetzen. »Das Fahrwerk! Bettina, das Fahrwerk ist nicht ausgefahren! So kannst du nicht landen! Du musst durchstarten! Steuerhebel bis zum Anschlag und Landeklappen einfahren! Schnell, du darfst nicht weiter sinken, sonst kommst du nicht mehr hoch!« In etwa 20 Metern Höhe schießt das Flugzeug über den Schaumteppich der Landebahn zwei und gewinnt an deren Ende wieder leicht an Höhe.

In der Kabine spielen sich dramatische Szenen ab. »Hilfe, ich will raus! Ich will hier raus!«, ruft ein Mann und schlägt mit seinem Kopf immer wieder gegen ein Fenster. »Mannomann, wann ist dieser Alptraum hier endlich zu Ende?«, schreit verzweifelt ein anderer. »Herrgott, oh steh mir bei, womit habe ich das verdient?«, stammelt eine Frau. Ein weiterer Fluggast schimpft lautstark über den - wie er sagt - missratenen Flug, will sein Geld zurück und meint, die Schuldige dafür schon ausgemacht zu haben: »Die Blondine da vorne ist doch einfach zu blöd dafür. Ich hab es ja gleich gewusst.« – »Ach, halten Sie endlich Ihren dummen Mund!«, blafft ein anderer zurück, »Sie mit Ihren unverschämten Kommentaren! Durch Ihre Besserwisserei ist hier noch nichts besser geworden!« Wieder haben die Stewardessen alle Mühe und alle Hände voll zu tun, die Passagiere zu beruhigen, in die Sitze zu drängen und zum Anschnallen zu bewegen. Als dies einigermaßen gelungen ist, stürzt die ältere und erfahrenere der beiden ins Cockpit: »Was war los?« – »Das Fahrwerk war nicht ausgefahren«, presst Bettina hervor. »Ach so! Und hat Ihr Vater Ihnen das nicht gesagt?« – »Doch ...«, und dann bricht Bettina in Tränen aus. Sofort beugt sich die Stewardess herab und legt den Arm um ihre Schultern: »Junge Frau, jetzt ist nicht der Zeitpunkt für Emotionalitäten. Unser aller Schicksal liegt in Ihren Händen. Seien Sie stark! Ihr Landeanflug war einwandfrei. Beim zweiten Mal wird auch die Landung gelingen. Sie schaffen das! Normalerweise habe ich hier nichts zu sagen, aber was ist hier jetzt schon normal? Was das Fahrwerk anbelangt, so fahren Sie es jetzt schon aus, nicht auf den letzten Drücker. Es stört nicht beim Manövrieren. Es erhöht nur den Luftwiderstand und damit den Kerosinverbrauch, aber davon haben Sie ja noch genug in den Tanks.« Mit einem wohlwollenden und mutmachenden Lächeln schaut sie Bettina an: »Wir alle vertrauen Ihnen. Es wird gut ausgehen.« Damit verlässt sie das Cockpit.

Zwischenzeitlich hat sich auch Weisgerber bei seiner Tochter gemeldet, spürbar bemüht, die enorme Anspannung in den Griff zu bekommen: »Bettina, jetzt keine Diskussionen, Nerven behalten, nach vorne schauen. Auf 180 Meter gehen. Wir bleiben unterhalb der Wolkendecke. Ost-Süd-Ost beibehalten in Richtung ungarische Grenze bis Bruck an der Leitha. In Höhe Bruck um 180 Grad wenden und einschwenken auf West-Nord-West. Wir werden diesmal von Südosten anfliegen. Verstanden?« - »Verstanden, Vater.« - »Übrigens, was ist mit den beiden Abfangjägern? Sind sie wieder aufgetaucht?« - »Nein, sie haben in Höhe Klosterneuburg abgedreht.« - »Ach so. Auch gut so. Die nerven ja nur.«

Von Südosten nähert sich die Maschine der Landebahn zwei. »Landeklappen auf 35 Grad ausfahren.« - »Ja, mach ich.« - »Etwas mehr Schub, sonst sinkst du zu tief.« Nur noch wenige 100 Meter trennen den Jet von der Landebahn. »Schub weg, direkt nach dem Aufsetzen Schubumkehr und dann schließlich bremsen.« - »Verstanden, Vater.« Die Maschine setzt auf, der Schaumteppich spritzt wie eine Gischt in alle Himmelsrichtungen, aufheulende Triebwerke zeigen die Schubumkehr an, die Maschine verzögert stark, es rumpelt und wackelt und wieder hört man Passagiere schreien. »Schubumkehr weg, Landeklappen einfahren, ausrollen lassen auf Feld D.« - »Ja, Vater.« Nach wenigen Minuten gelangt die Maschine zum Stillstand. Zunächst herrscht für wenige Sekunden ungläubiges Staunen an Bord, dann fällt die ganze Anspannung ab und unbeschreiblicher Jubel bricht aus. Die Stewardess stürzt ins Cockpit, fällt Bettina um den Hals und drückt sie so sehr, dass sie die Fassung ihrer Brille auf der Wange spürt: »Wir haben an Sie geglaubt und Sie haben es geschafft! Großartig!« – »Wo ist unsere Heldin?« Die ersten Passagiere wollen zu Bettina ins Cockpit, doch die Stewardess schickt sie alle zurück auf ihre Plätze.

Im Tower ist die Erleichterung ebenfalls spürbar, auch wenn hier längst nicht so ein großer Jubel ausbricht wie in der Maschine. Insbesondere Weisgerber ist nicht nur ein Stein, sondern ein ganzer Felsbrocken vom Herzen gefallen.

Doch nun wird die Sache wieder ernst. Zwei Rettungswagen und vier Mannschaftsbusse der Polizei fahren auf das Rollfeld bis auf etwa 100 Meter an das Flugzeug heran. Dutzende Polizisten steigen aus, stellen sich im Kreis um den Jet auf, die Maschinenpistole griffbereit. Je zwei Polizisten gehen zu den beiden Türen des Flugzeuges, zwei Gangways werden an die Türen herangebracht, die Polizisten positionieren sich direkt vor den Türen, die noch geschlossen sind. Vier weitere Polizisten begleiten die beiden Rettungswagen, die nun an die vordere Tür heranfahren. Ein ranghoher Polizist im Hintergrund gibt über Funk die Anweisung, die vordere Tür zu öffnen. Die ältere Stewardess führt den Befehl unverzüglich aus. Sofort dringen die beiden Polizisten auf der Gangway in das Flugzeug ein; der eine geht in die Kabine, der andere ins Cockpit. Die Beamten verschaffen sich einen Überblick über die Lage; der im Cockpit ruft umgehend die Rettungssanitäter herein. Einer der vier Rettungssanitäter, die mit zwei Bahren die Gangway hinauflaufen, ist Georg Weisgerber, Bettinas Bruder. Als er mit seinen Kollegen das Cockpit betritt und seine Schwester auf dem Pilotensitz erblickt, fällt ihm die Kinnlade herunter. »Bettina! *Du* hier? Bist *du* etwa gelandet?« Und die überglückliche Bettina springt auf und fällt ihrem Bruder um den Hals - mit Tränen in den Augen.

Doch es ist keine Zeit. Es gilt, die beiden Schwerkranken auf den Bahren zu fixieren und abzutransportieren. Als Georg das Cockpit verlässt, ruft Bettina ihm nach: »An Heiligabend werde ich dir alles erzählen.« - »Ja, Schwesterherz, ich bin gespannt«, antwortet der immer noch verdutzte Georg. Dann transportieren sie den Piloten und den Copiloten zu den Rettungswagen. Mit Blaulicht und Martinshorn geht es durch eine abgesperrte Gasse zum nächsten Krankenhaus. Nun geht der ranghohe Polizist auf das Flugzeug zu. Es ist Wiens Polizeipräsident persönlich. Er steigt die vordere Gangway hoch, geht ins Cockpit und schließt die Tür. Von dort funkt er auch zum Tower und spricht mit Weisgerber. Nach gut 15 Minuten kommt er zusammen mit Bettina aus dem Cockpit. Er signalisiert den Stewardessen, dass alles in Ordnung ist und die Passagiere aussteigen können. Wieder brandet Jubel auf, es gibt langanhaltenden kräftigen Applaus. Dann weist er seine Beamten an, abzurücken. Anschließend geht er zusammen mit Bettina die Gangway hinunter. Die Menschen hinter den Absperrungen beginnen zu applaudieren. Nun hat auch der letzte begriffen, dass es alle Passagiere dieses Fluges dieser jungen Frau zu verdanken haben, unversehrt in Wien gelandet zu sein. In den Applaus mischen sich Rufe wie »Bravo!«, »Großartig!«, »Vorbildlich!«, »Hut ab, junge Frau!«. Nicht wenige Menschen wollen Bettina persönlich Dank aussprechen, ihr die Hand schütteln, sie umarmen. Ein junger Mann hat es ganz besonders eilig, zu ihr vorzudringen. Es ist Rainer, ihr Freund: »Erstklassig, meine Liebe, mutig und nervenstark. Ich bewundere dich.« Dann umarmt er sie und gibt ihr einen langen, zärtlichen Kuss. Nun taucht auch ihr Vater auf. Als der Polizeipräsident mit Bettina die Gangway hinunterging, hielt Weisgerber nichts mehr im Tower. Er rannte die Treppe hinunter und versuchte, so gut es ging, durch Menschenmassen und Absperrungen zu Bettina zu gelangen. »Kind, lass dich umarmen.« Und Tränen der Freude und Erleichterung laufen beiden über die Wangen. Es ist Rainer, der die emotionale Phase beendet. »Du, Bettina, lass uns jetzt zu mir fahren. Du bist sicher müde.« – »Müde? Müde ist gar kein Ausdruck. Ich bin vollkommen erschöpft. Ich kann mich kaum noch auf den Beinen halten. Ich muss das alles erst sacken lassen. Das war heute ein aufregender Flug, der Nerven gekostet hat. Morgen um 11.00 Uhr muss ich ins Polizeipräsidium zur ausführlichen Vernehmung.« – »Ach du liebe Zeit. Komm, dann lass uns jetzt fahren. Wo ist eigentlich dein Koffer?« – »Ach, stimmt, den muss ich noch abholen. Ich bin ja offiziell als Passagierin mitgeflogen, nicht als Pilotin.« – »Geh nur, Bettina«, schaltet sich ihr Vater ein, »ich hol deinen Koffer ab. Das kann noch etwas dauern, bis die Absperrungen abgebaut sind und der Betrieb hier wieder anläuft. Fahrt ihr nur zu dir, Rainer. Wir sehen uns dann morgen Nachmittag. Schlaf gut, Bettina.«

VI

Die Weihnachtsfeiertage bringen den Weisgerbers zunächst nicht die erhoffte Entspannung. Nach der umfangreichen Vernehmung im Polizeipräsidium fährt Rainer seine Freundin zu ihren Eltern nach Klosterneuburg. Weihnachtssterne und Schwibbögen schmücken bereits mehrere Fenster des Hauses. Rainer verabschiedet sich von Bettina. Sie hat aufregende und aufreibende Stunden hinter sich, in denen sie nicht nur an ihre Grenzen gehen, sondern diese deutlich überschreiten musste, um gemeinsam mit den anderen Betroffenen überleben zu können. Doch erst durch die Gefahr wird das Leben intensiv. Der Ritt auf der scharfen Rasierklinge, der auch mal ein Flug sein kann, das Gleiten durch das Tal des Todesschattens lassen Freude und Dankbarkeit umso tiefer empfinden, wenn die Gefahr überstanden ist – eine Grundlage für Hingabe und Liebe. Eng umschlungen stehen die beiden vor einer Laterne. Den Mund leicht geöffnet, schauen sie sich tief in die Augen, berühren einander mit den Nasenspitzen – und dann lieben sie einander mit einer Leidenschaft und Vehemenz, die alle Schranken durchbricht. Seine Arme um ihre Hüften geschlungen, ihre Hände an seinen Kopf gelegt, schließen sie die Augen, pressen die Lippen aufeinander, ihre Zungenspitzen berühren sich, sie ringen nach Luft, das Herz schlägt wie wild, die Hormone tanzen Tango. Dann schauen sie sich wieder tief in die Augen. Und dann zeigt sie das ihr eigene, bezaubernde Lächeln, das seinen Ausgang in den hintersten Winkeln ihres sanft geschwungenen Mundes nimmt und schließlich durch ihre Augen leuchtet. Hingerissen und mit strahlendem Gesicht steigt Rainer in sein Auto und fährt ab. An der Haustür warten schon Vater und Mutter und Lapsus, der Familienhund, der mit dem Schwanz wedelt. Ihn knuddelt und krault sie kräftig, er springt an ihr hoch und scheint gar nicht genug von den Streicheleinheiten zu bekommen. Dann umarmt sie beide Eltern herzlich; vor allem Marianne Weisgerber würde ihre Tochter am liebsten nicht mehr loslassen. Tränen stehen ihr in den Augen, als sie Bettina ihre Hände auf die Schultern legt und ihr ins Angesicht schaut: »Gott sei Dank ist alles gutgegangen«, dann geht sie zum Wohnzimmerschrank und packt die Kartons mit den Weihnachtskugeln aus, denn heute Nachmittag soll der Tannenbaum geschmückt werden. »Du, Bettina«, sagt Wolfgang, als er eine leuchtend rote Weihnachtskugel in der Hand hält, »das mit dem falschen Gummiknopf bei der Landung, das hätte einfach nicht passieren dürfen. Du, uns im Tower stockte nicht nur der Atem, uns blieb das Herz stehen, als wir euch ohne Fahrwerk anrauschen sahen.« - »Ach, Vater, ich war wahnsinnig aufgeregt. Ich habe nur aus dem Fenster gesehen und mich gefragt, wann endlich diese dicke Wolkensuppe aufhört.« - »Ja, aber du hättest nur kurz nach unten links schauen müssen. Es kann ja nicht so schwer sein, einen blauen von einem roten Gummiknopf zu unterscheiden.« - »Wolfgang!«, ermahnt ihn seine Frau, »hör endlich auf mit deinen nervigen Vorwürfen. Ich wünsch dir, dass du nie in solch eine Situation kommst. Es ist gut ausgegangen, niemand ist zu Schaden gekommen, und das ist das Wichtigste!«

Die Weisgerbers kommen kaum dazu, die Weihnachtsfeiertage zum Ausspannen und Abschalten zu nutzen. Immer wieder klingelt es an der Haustür und klingelt das Telefon. Nachbarn, Verwandte, Freunde, Bekannte, Mitstudenten, selbst wildfremde Menschen wollen sich bei Bettina bedanken und ihren Respekt zum Ausdruck bringen. Auch die E-Mail-Adresse der Weisgerbers wird stark frequentiert. Eine Mail erweckt Bettinas besonderes Interesse: »Du, Mama, wer ist denn Greta Koglhofer?« - »Wer?« - »Greta Koglhofer. Ich jedenfalls kenne sie nicht.« - »Greta Koglhofer«, murmelt Marianne vor sich hin, »Greta Koglhofer, wer war das noch? Ich glaube ...« Sie geht ins Schlafzimmer und zieht aus der untersten Schublade der Nachtkommode ein dünnes Büchlein hervor. »Ich wusste es doch«, kehrt sie mit dem Büchlein ins Wohnzimmer zurück und zeigt es Bettina, »das ist die Hebamme, die mich bei meiner Schwangerschaft mit dir begleitet hat.« Bettina schaut auf den Mutterpass und ist tief beeindruckt.

Zwei Tage später läuten die Kirchenglocken zur Christmette. Auf dem Vorplatz der Kirche werden Bettina und ihre Eltern von dutzenden Menschen umringt, die ihrer Anerkennung Ausdruck verleihen wollen. Selbst der Pfarrer hat in seine Predigt eine kurze Anspielung auf Bettinas Aktion eingebaut: »Weihnachten, liebe Brüder und Schwestern, können wir nicht nur heute feiern. Weihnachten können wir jeden Tag feiern. An jedem Tag wird uns das Leben neu geschenkt. Gott selbst ist es, der das Leben schenkt - auch in den hoffnungslosesten Lagen. Dann sendet er Engel aus, die unscheinbar unter uns leben, um dann im rechten Moment ihre Aufgabe in der Selbstaufgabe zu sehen, darin, über sich hinauszuwachsen und sich für die Nächsten hinzugeben und zu verzehren.« Bettina kommt dabei unweigerlich das Bild des Würfelzuckers in den Sinn, der sich bis zum letzten Körnchen verzehrt. Als die Weisgerbers von der Christmette zurückkehren, finden sie im Briefkasten ein Kuvert mit dem österreichischen Staatswappen darauf: Der Bundespräsident spricht Bettina und ihrem Vater im Namen der ganzen Nation Dank und Anerkennung aus und lädt zu einem Empfang am Neujahrstag in die Wiener Hofburg.

Doch die Weisgerbers merken schnell, dass es auch Schattenseiten hat, im Lichte des öffentlichen Interesses zu stehen. Schon am Flughafen waren nervige Kamerateams und aufdringliche Journalisten darauf aus, Bettina möglichst häufig vor die Linse und vor das Mikrofon zu bekommen. Selbst die Pressekonferenz im Polizeipräsidium am Tag danach schien den Informationshunger und die Sensationsgier der Medien nicht gestillt zu haben. Besonders dreist war das unangekündigte Auftauchen der Fernsehteams und Reporter am Haus der Weisgerbers. Diese konnten sich des medialen Andranges schließlich nicht mehr erwehren und riefen Polizei und Ordnungsamt zu Hilfe. In den Weisgerbers reifte der Entschluss, selbst in die Offensive zu gehen und eine eigene Pressekonferenz zu veranstalten. Wolfgang gelang es, dafür den Konferenzsaal im Flughafengebäude zu bekommen. Und so fand am Tag vor Heiligabend um 17.00 Uhr eine gut zweistündige Pressekonferenz mit über 100 Medienvertretern statt, in der die Weisgerbers, die Fluglotsin, die ältere der beiden Stewardessen, ein Rechtsanwalt, ein Arzt und ein Psychologe zwar nicht alle, aber doch viele Fragen beantworten konnten.

Am ersten Weihnachtsfeiertag beschließen die Weisgerbers spontan, Wien und Umgebung bis zum Jahresende zu verlassen. Marianne ruft ihren Bruder an und fragt, ob sie sein abgelegenes Ferienhaus bei Imst in Tirol bis Sylvester beziehen können. Der Bruder ist einverstanden, bringt den Schlüssel vorbei und erinnert daran, Schneeketten mitzunehmen. Noch in der folgenden Nacht brechen die Weisgerbers mit Lapsus, dem Familienhund, auf und kommen frühmorgens, noch im Dunkeln, am Ferienhaus in Tirol an. Und endlich – endlich stehen einige ruhige und entspannte Tage bevor, nach denen sich die Weisgerbers, insbesondere Bettina, so sehr gesehnt haben.

VII

Die ersten Sonnenstrahlen des Tages kitzeln das Gipfelkreuz der Wildspitze, mit 3.774 Metern Österreichs zweithöchster Berg, etwa 40 Kilometer südlich von Imst in Tirol gelegen, nahe der Grenze zu Italien. Ein sonniger und klarer Wintertag bricht an. Im abgelegenen Ferienhaus der Weisgerbers herrscht zu früher Morgenstunde bereits reges Leben. Wolfgang, Marianne und Bettina haben ihre Rucksäcke gepackt und die Wanderschuhe geschnürt. Georg ist nicht dabei, da er bis einschließlich Sylvester Dienst hat. Nach dem Frühstück brechen sie zusammen mit Lapsus, dem Familienhund, nach St. Leonhard im Pitztal auf, etwa 20 Kilometer südlich von Imst. Diesen Ort besuchen sie zum ersten Mal, erkunden den historischen Ortskern und die Pfarrkirche, wandern anschließend mehrere Stunden in der Umgebung und kehren am späten Nachmittag in das schmucke Café am Marktplatz ein. Ihren Hund dürfen sie mit hineinnehmen. Bettina bekommt mit, wie sich ein älteres Ehepaar am Nachbartisch über ihre Flugzeugaktion unterhält. Sie erschrickt leicht und legt Wert darauf, nicht erkannt zu werden. Schließlich war nicht nur ihr Name, sondern auch ihr Bild unzählige Male durch die Medien gegangen. So behält sie auch im Café die Sonnenbrille auf der Nase und die Wollmütze auf dem Kopf. Vor dem Aufbrechen geht Marianne an die Verkaufstheke, um zu bezahlen. Während die Kassiererin das Wechselgeld zusammensucht, bemerkt sie neben der kleinen Spendenbox für wohltätige Zwecke einige Flyer mit der Überschrift »Gleitschirm-Flugschule Pitztal« auf der Theke. Zusammen mit der Geldbörse steckt sie auch einen Flyer in ihre Handtasche. Die Weisgerbers verlassen mit ihrem Hund das Café und gehen zu ihrem Auto. Da drückt Marianne ihrer Tochter den Flyer in die Hand. Sofort beginnen Bettinas Augen zu leuchten, denn alle Themen rund ums Fliegen wecken ihr Interesse. Der Flyer kündigt an, dass die Gleitschirm-Flugschule Pitztal am morgigen Sonntag bei gutem Wetter ein Tandem-Fliegen für Interessierte veranstaltet. Höchstens sieben Personen sind zugelassen und werden von erfahrenen Kräften bei ihrem Flug ins Tal begleitet. Nach einer ausführlichen Einweisung am Vormittag und einem Mittagessen wird dann gegen 14.00 Uhr der Flug stattfinden. Der Hinweis auf vorherige Anmeldung, eine Telefonnummer, eine E-Mail-Adresse, der Preis und das Vereinslogo runden die Information ab. »Das ist ja interessant«, denkt Bettina, »das würde ich gern mal machen. Ob da noch ein Platz frei ist?« Sofort schickt sie eine

E-Mail an die genannte Adresse und bekommt fünf Minuten später die Antwort, dass sie angenommen sei. Am Sonntagmorgen bringt Wolfgang Weisgerber seine Tochter zum vereinbarten Treffpunkt, dem Marktplatz in St. Leonhard. Auch die übrigen Teilnehmer, zwei Frauen und vier Männer, sind inzwischen eingetroffen. Alle sind gut drauf und freuen sich auf den Tag. Mit einem Kleinbus lässt die Flugschule die Teilnehmer zu einer Talstation bringen, wo es dann mit einer Seilbahn hinaufgeht zum Gebäude der Gleitschirm-Flugschule, das sich auf einem Plateau in knapp 3.000 Metern Höhe befindet, unmittelbar vor der Wildspitze. Der Leiter der Flugschule heißt alle Teilnehmer herzlich willkommen und stellt sein Team der Flugbegleiter vor: drei angestellte Lehrer der Flugschule, drei erfahrene Mitglieder des Trägervereins und dann Harald, einen 24-jährigen Studenten aus Freiburg im Breisgau, vorübergehend zur Aushilfe eingestellt. Dann werden die Tandem-Paare gebildet und los geht es mit der Einweisung, die auf der leicht schneebedeckten Wiese neben dem Gleitschirm stattfindet, mit dem das Tandem-Paar am Nachmittag auch fliegen wird. Bettina trifft auf Harald und ist von seiner charmanten und eloquenten Art zunächst ganz angetan. Ausschweifend berichtet er aus seinem Leben, seinem Studium, von seinen Hobbys, seinen Affären mit Frauen und wie er zum Fliegen gekommen ist. Dabei mustert er nicht nur intensiv Bettinas Gesicht, sondern schaut auch auf ihre Brüste, ihren Po und ihre Oberschenkel. Sie bemerkt sehr wohl die anzüglichen Blicke und erkennt die sexuelle Absicht dahinter. Ihr wird langsam unheimlich zumute - vor allem bei dem Gedanken, dass er als ihr Begleiter nachher beim Flug auf ihr liegen wird. »Hoffentlich kann er da seine Hände bei sich behalten!«

Ihre Skepsis und ihr Misstrauen gegenüber Harald wachsen weiter, als er dann - anstatt endlich mit der Einweisung zu beginnen - von verschiedenen tollen Gleitschirmflügen berichtet, die er angeblich schon absolviert haben will. So sei er nicht nur vom Feldberg im heimatlichen Schwarzwald geflogen, sondern auch schon vom Tafelberg bei Kapstadt in Südafrika, vom Kilimandscharo in Tansania, vom Mount McKinley in Alaska und sogar im Grand Canyon in den USA - und das alles dargestellt in den schillerndsten Farben und wie ihn unzählige Leute dabei bewunderten. Allmählich beginnt Bettina sich zu fragen, ob sie es hier mit einem ernsthaften Lehrer und Flugbegleiter zu tun hat oder mit einem Angeber und Prahler mit einem ausgeprägten Hang zu übertriebener Selbstdarstellung. Ihr Misstrauen wird vollends bestätigt, als er hinzufügt, neben dem Gleitschirm-Flugschein noch eine Segelflug-Lizenz zu besitzen. Da wird Bettina hellhörig. Sie fragt ihn, wann und wo er denn die Segelflug-Lizenz erworben habe. Als er den Zeitpunkt von vor fünf Jahren nennt und den Ort der Segelflugschule, ist Bettina klar, dass sie es mit einem Schwindler zu tun hat. Besagte Segelflugschule hatte vor fünf Jahren wegen Renovierung geschlossen. Der gesamte Lehrgang -

immerhin 21 Teilnehmer – wurde umquartiert auf die Segelflugschule bei Wien, die auch Bettina zu jener Zeit besuchte. Die drangvolle Enge in den Räumen, die langen Warteschlangen vor den Segelflugzeugen und die endlosen Wartelisten bei der Ausleihe von theoretischem und praktischem Material sind ihr noch gut in Erinnerung. An einen Harald unter den Teilnehmern kann sie sich dabei jedoch nicht erinnern. Um ganz sicherzugehen, stellt sie ihm noch einige gezielte Fragen zum Namen des Direktors, der Anzahl der Segelflugzeuge, dem Fabrikat der Anschleppmaschinen, der Anzahl der Räume und der Farbe der Eingangstür. All diese Fragen beantwortet Harald falsch oder gar nicht. Dabei wird er immer unsicherer und kleinlauter – erst recht, als Bettina ihm schließlich ihre eigene Segelflug-Lizenz unter die Nase hält. Es ist unfassbar! Sie hat einen Lügner und Hochstapler entlarvt! Und so jemand arbeitet hier als Lehrer und Flugbegleiter! Harald spürt, dass er enttarnt worden ist, dass er ihr nichts mehr vormachen kann. Damit hat er nicht gerechnet! So gibt er ziemlich geknickt und mit leicht zitternder Stimme noch einige wenige Hinweise zum Tandem-Fliegen, die aber so läppisch und oberflächlich sind, dass Bettina auch selbst darauf gekommen wäre. Dann erklärt er die Einweisung für beendet – viel früher als seine Kollegen, die sich weiterhin mit ihren Tandempartnern beschäftigen. Harald wirft Bettina einen abschätzigen, verächtlichen Blick zu und geht dann zum südlichen Rand des Plateaus mit Blick auf die Wildspitze, wo er sich eine Zigarette anzündet. Bettina geht in die entgegengesetzte Richtung, zum nördlichen Rand des Plateaus. Sie blickt hinab ins Pitztal, die Richtung, in die sie nachher fliegen wird. Aber nicht mit ihm! Auf keinen Fall mit Harald! Sie beschließt, in der Mittagspause mit dem Leiter der Flugschule darüber zu sprechen.

Beim Mittagessen bemerkt Bettina, dass Harald fehlt. Im Anschluss sucht sie das Gespräch mit dem Leiter der Flugschule. Der schaut ganz ungläubig und verwundert drein, als sie ihm über ihre Erfahrungen mit Harald berichtet. Gern hätte er ebenfalls noch mit ihm gesprochen, doch er ist nach wie vor verschwunden. »Übrigens, Frau Weisgerber«, fährt der Leiter der Flugschule fort, »sind Sie nicht diejenige, die vor Weihnachten den Passagierflieger aus London in Wien zur Landung gebracht hat?« Bettina nickt. »Was haben Sie denn dabei empfunden? Wie haben Sie das Ganze erlebt?« – »Dramatisch. Krisenhaft. Das war eine wahnsinnige Belastung. Die etwa 100 Minuten auf dem Pilotensitz waren die bisher härtesten in meinem Leben, gingen richtig an die Substanz, ans Eingemachte. Als die Stewardess nach einem Arzt unter den Passagieren fragte und sie mit einem Arzt und einer Ärztin ins Cockpit ging, war ich nicht übermäßig in Sorge. Ich glaubte, einem der beiden Piloten ginge es vorübergehend nicht gut, der Arzt schaue nach dem Rechten und dann sei alles wieder im Lot. Als die Stewardess kurz darauf wieder das Mikrofon ergriff und aus den Reihen der Passagiere für das Führen des Flugzeuges um Hilfe bat, schrillten bei mir alle Alarmglocken. So etwas ist ein absoluter Notfall und im Prinzip der letzte Strohhalm, an den man sich klammert. Ich interessiere mich sehr fürs Fliegen, habe eine Segelflug-Lizenz, studiere zur Zeit Luft- und Raumfahrttechnik und glaubte dann, mit diesen Kenntnissen aushelfen zu können. Grundsätzlich helfe ich immer, wenn ich helfen kann. Also ging ich kurz in mich und meldete mich. Dann ging ich mit der Stewardess ins Cockpit. Dort traf mich dann der Schlag. *Beide* Piloten lagen auf dem Boden, es stank ekelerregend, sie hatten nicht nur erbrochen, sondern hatten wohl auch Durchfall, Arzt und Ärztin knieten daneben, die Stewardess wies auf den Pilotensitz, wünschte ›Viel Glück‹ und verschwand. Da wurde mir schlagartig klar, dass ich nun allein verantwortlich war für dieses Flugzeug und alle Mitfliegenden. Ich schaute auf die Vielzahl der Instrumente, hörte einzelne Zwischenrufe von Passagieren und der Stewardess sowie Anfragen von Fluglotsen per Funk, dazu der Gestank, das alles war enormer Stress. Und ich begriff sofort: Ich habe nur eine Chance, und die muss ich nicht nur nutzen, sondern ich muss auch Erfolg haben, das heißt sicher und heil in Wien landen. Der begrenzende Faktor ist der Treibstoff. Der geht irgendwann zu Ende und ist berechnet für einen normalen Flug – natürlich mit Reserven, doch allzu üppig sind die nicht. Ich hatte keine Möglichkeit, die Landung einzuüben, auszuprobieren, und wenn etwas nicht gelingt, es zu wiederholen. Das Ganze musste also praktisch auf Anhieb klappen. Solch einen Druck hatte ich vorher noch nie. Ich habe Todesangst ausgestanden – das Ganze mit 150 Menschen im Rücken, die immer nervöser wurden. Dann tauchten plötzlich die zwei Abfangjäger auf. Was habe ich mich da erschrocken! Da wusste ich aber auch, dass die am Boden realisiert hatten, dass nichts mehr normal war.« – »Inwiefern haben Ihnen denn die Erfahrungen vom Segelfliegen und die Kenntnisse aus dem Studium geholfen?« – »Nur begrenzt. So ein düsengetriebenes Passagierflugzeug ist mit einem Segelflugzeug kaum zu vergleichen. Thermik spielt da keine Rolle, Masse und Geschwindigkeit sind um ein Vielfaches höher. Auch das ein oder andere Wissen aus dem Studium hat geholfen, doch das Entscheidende fehlte mir: Praxis und Erfahrung im Umgang mit solchen Flugzeugen! Und so sprang ich also ins eiskalte Wasser, es war der bittere Ernstfall, der bewältigt werden musste. Fehler würden sich verheerend auswirken. Meine Nerven waren gespannt wie Drahtseile, der Puls schlug wie verrückt, der Schweiß lief in die Augen, ich zitterte am ganzen Körper, stand am Rande eines Nervenzusammenbruchs – und hinter allem blieb die Ungewissheit: Wird die Landung gelingen?« – »Das kann ich gut nachvollziehen, Frau Weisgerber. Und dann kam Ihr Vater ins Spiel!« – »Als ich mich einigermaßen gefasst hatte, fiel mir ein, dass mein Vater an jenem Nachmittag am Flughafen sein musste. Da dachte ich: Er soll mir helfen. Er soll mir sagen, was ich machen soll, wie ich landen soll.« – »Und das hat dann ja auch geklappt.« – »Glücklicherweise. Eine große Stütze war für mich auch die ältere Stewardess. Sie hat voll hinter mir gestanden und fest an mich geglaubt. Als der erste Landeversuch fehlschlug, war ich am Boden zerstört. Sie tröstete mich, baute mich auf, sprach mir Mut zu – und dann riss ich mich total zusammen, denn ich wusste: Der zweite Landeversuch musste einfach gelingen. Ein weiterer Fehlschlag war niemandem mehr zuzumuten. Ich hatte das große Glück – und dafür bin ich sehr dankbar –, dass das, was ich an Hilfe brauchte, zur rechten Zeit da war – fachlich von meinem Vater und seelisch durch die Stewardess. Und so gelingt nicht nur das große Wagnis einer Landung, so gelingt – davon bin ich fest überzeugt – das Leben insgesamt.« – »Alle Achtung und Respekt für Ihre Leistung, Frau Weisgerber. Um 14.00 Uhr geht es los mit den Abflügen.«

Als sich um 14.00 Uhr die Tandem-Paare für ihre Abflüge bereit machen, ist Harald immer noch nicht aufgetaucht. Doch da steht bereits fest, dass der Leiter der Flugschule für Harald einspringen und Bettina auf ihrem Flug begleiten wird. An einem Übungsgleitschirm im Keller des Gebäudes vermittelt er ihr in einer Art Crash-Kurs, worauf es beim Tandem-Flug ankommt. Bettina versteht schnell, und schon geht es hinauf auf die Wiese zum letzten noch bereit liegenden Gleitschirm. Bettina setzt den Helm auf und klettert als erste in die Gurte und Riemen des Tragegeschirrs. Als sie sie zum Gesäß hochziehen will, bemerkt sie in einem der Gurte einen Riss. Sofort zieht sie sie wieder herunter und schaut nach. Tatsächlich – ein Riss! Und im Riemen daneben auch! Das sieht wie künstlich eingeschnitten aus. Geschockt weist sie den Leiter der Flugschule darauf hin. Der ist ganz erschüttert und stellt weitere Risse und Einschnitte an Gurten und Riemen sowie an den Träger- und Führungsseilen des Gleitschirms fest. Sofort erkennt er, dass die Schäden ganz frisch sind und heute Morgen noch nicht da waren, denn solche Gleitschirme werden natürlich nicht herausgerückt. Bettina und der Leiter der Flugschule packen den Gleitschirm zusammen und tragen ihn in den Keller des Gebäudes. Dort werfen sie ihn in eine Ecke und der Leiter wickelt ein Klebeband mit der Aufschrift »Vorsicht – Lebensgefahr« drumherum. Glücklicherweise haben die beiden es noch rechtzeitig bemerkt. Nicht auszudenken, was während des Fluges hätte passieren können! Man werde Anzeige erstatten, so der Leiter der Flugschule. Bettina drängt sich ein furchtbarer Verdacht auf, wer dahinterstecken könnte. Wollte er sich dafür rächen, dass sie ihn entlarvt hatte?

Doch nun steht erst mal ihr Flug an. Ihnen bleibt nichts anderes übrig als den etwas schmuddeligen und abgenutzten Übungs-Gleitschirm zu verwenden. Draußen auf der Wiese wird er ausgebreitet und vorbereitet. Helm auf, ins Tragegeschirr eingestiegen, gefolgt vom Leiter der Flugschule, und los geht es mit viel Schwung die Wiese hinunter. Schon verlieren sie den Boden unter den Füßen und schweben frei über der Landschaft. Bettina ist nun der glücklichste Mensch der Welt und stößt einen lauten Freudenschrei aus - das Echo der Berge lässt ihn widerhallen. Eine knappe Dreiviertelstunde dauert der Flug über dem Pitztal, dann setzen sie auf einer Wiese neben dem Pitzbach zur Landung an. Sie falten den Gleitschirm zusammen und der Leiter der Flugschule ruft per Handy den Kleinbus herbei, der Bettina zum Marktplatz in St. Leonhard und ihn anschließend zurück zur Talstation bringen wird.

Auf der Rückfahrt nach Klosterneuburg an Sylvester erhält Bettina eine Nachricht auf ihr Smartphone: Die Flugschule teilt als erstes Ermittlungsergebnis der Landespolizeidirektion Tirol mit, dass der vermisste Harald Grozinger in einer Felsspalte unterhalb der Wildspitze tot aufgefunden worden sei. Die Ermittlungen zur Manipulation des Gleitschirmes dauerten noch an.

VIII

Mit einem leichten Plumpsen verschwindet das Stück Würfelzucker in der Kaffeetasse. Rasch sinkt es zu Boden und beginnt, sich aufzulösen, bis es völlig verschwunden ist. Der Blick geht vom Rand der Kaffeetasse über den Rand des Tisches zu einem Rollator vor der großen Topfpflanze in der Ecke des Raumes.

Mit zitternden Händen greift die alte Dame nach der Kaffeetasse, führt diese zum Mund, nimmt einen Schluck Kaffee und setzt die Tasse anschließend wieder auf der Untertasse ab. Immer wieder fällt ihr Blick auf die Tageszeitung, die zusammengefaltet neben der Kaffeetasse auf dem Tisch liegt. Dann geht ihr Blick wieder zur Kaffeetasse und von dort über den Tisch hinweg. Dabei denkt sie angestrengt nach, versucht, Erinnerungen hervorzurufen und murmelt dabei leise vor sich hin.

Frau Gampner vom Sozialen Dienst beobachtet die 90-Jährige schon eine Weile. Dann geht sie zu ihrer Kollegin ins Büro: »Du, Erika, die Frau Beaumont gefällt mir seit einigen Tagen nicht. Sie wirkt so abwesend, so in sich gekehrt, so grüblerisch. Sie schaut oft in die Zeitung und spricht kaum noch mit ihren Mitbewohnerinnen.« – »Vielleicht berührt sie die Flugzeuggeschichte so sehr.« – »Ich werde sie gleich mal auf ihr Zimmer begleiten und nachfühlen, was da ist.« – »Ja, mach das.«

Als Frau Beaumont mit ihrem Rollator die Cafeteria verlässt, trifft sie auf Frau Gampner. »Frau Beaumont, ich würde Sie gerne mal auf Ihr Zimmer begleiten, wenn Ihnen das recht ist.« – »Ja, das ist mir sehr recht«, entgegnet die alte Dame. Mit dem Aufzug geht es in die zweite Etage und dort zu Zimmer 21, dem Zimmer von Frau Beaumont. Dort stellt sie ihren Rollator neben den Kleiderschrank und setzt sich auf den Sessel neben dem Bett. Frau Gampner nimmt auf einem Stuhl am kleinen Tisch vor dem Fenster Platz. »Frau Beaumont, Sie machen in den letzten Tagen so einen verschlossenen und betrübten Eindruck und ziehen sich gerne zurück. So haben Sie vorgestern nicht beim Bingo mitgespielt und gestern nicht am Singkreis teilgenommen, was Sie ja immer gerne machen. Haben Sie Schmerzen? Bedrückt Sie irgendetwas?« – »Es ist diese Fliegerrettung«, Frau Beaumont räuspert sich, »diese Fliegerrettung durch diese junge Frau, da vor Weihnachten. Haben Sie sicher von gehört. Weisgerber heißt die junge Frau, der Vorname ist mir jetzt entfallen. Warten Sie, ich schau mal gerade in der Zeitung nach. Wo ist denn jetzt meine Brille?« – »Die haben Sie wahrscheinlich unten in der Cafeteria vergessen. Aber das ist jetzt nicht wichtig. Was ist denn mit dieser jungen Frau Weisgerber?« – »Es waren Weisgerbers, die meinen Eltern, meinem Bruder und mir Anfang des Krieges zur Flucht verholfen haben, nach Frankreich zu meinem Onkel.« – »Und Sie glauben, Frau Beaumont, dass diese Weisgerbers etwas mit der jungen Frau Weisgerber zu tun haben, die die Flugkatastrophe verhindert hat? Da liegen fast 80 Jahre dazwischen. Da ist schon viel Wasser die Donau hinabgeflossen.« – »Da haben Sie recht. Aber mein Bauchgefühl sagt mir, dass es da eine Verbindung geben könnte. Allein schon dieses couragierte und selbstlose Verhalten – damals wie heute.« – »Frau Beaumont, wie wäre es denn, wenn Sie der Frau Weisgerber einfach mal begegnen, wenn Sie sie persönlich kennenlernen würden? Dann könnten Sie miteinander ins Gespräch kommen.« – »Ja, das wäre natürlich großartig, das wäre wunderbar.« – »Wir schauen mal, was sich da machen lässt. Gleich kommt noch die Pflegerin und schaut nach

Ihrem Verband. Alles Gute, Frau Beaumont.« - »Ja, ebenso. Auf Wiedersehen!«

IX

Die Limousine biegt auf den Parkplatz der Seniorenresidenz ein. Der stattliche Bau im vierten Wiener Bezirk, der noch aus der Zeit der K&K-Monarchie stammt, ist in den letzten Jahren grundlegend saniert und renoviert worden. Neben der stationären Altenpflege gibt es Zimmer für die Kurzzeitpflege und im Erdgeschoss zwei Räume für die Tagespflege. Im Neubau dahinter, dem ein Teil der Grünanlage zum Opfer fiel, wurde ein Zentrum für betreutes Wohnen eingerichtet.

Frau Gampner empfängt die vier Personen an der Rezeption. Dann führt sie sie durch einen langen Flur im Erdgeschoss in den letzten Raum auf der rechten Seite, einem Besprechungs- und Gästeraum. Am Ende des Tisches sitzt Frau Beaumont. »Guten Tag, Frau Beaumont. Hier ist der angekündigte Besuch: Familie Weisgerber aus Klosterneuburg. Wasser, Limonade, Kaffee und Gebäck sind auf dem Tisch. Wenn noch was fehlt, rufen Sie mich. Dann bis nachher«, verabschiedet sich Frau Gampner. Die alte Dame erhebt sich langsam von ihrem Stuhl und Wolfgang, Marianne, Bettina und Georg Weisgerber geben ihr nacheinander die Hand und stellen sich namentlich vor. Dann nehmen alle Platz und jeder bedient sich an den Getränken. Neben der Thermoskanne mit Kaffee stehen ein Kännchen mit Milch und ein Schälchen mit Würfelzucker.

Die Weisgerbers haben nicht lange gezögert, die Einladung der Seniorenresidenz anzunehmen, verspricht dieser Termin doch eine intensive Begegnung und eine tiefgreifende Erfahrung. Das Gespräch beginnt mit Smalltalk über das Wetter, das gesundheitliche Befinden, die beruflichen Tätigkeiten und natürlich über Flug AA2124 und dessen glückliches Ende. Als Frau Beaumont Bettina ihre Anerkennung und ihren Respekt zum Ausdruck bringt, klingelt Bettinas Smartphone. Sie springt auf, geht zur Tür hinaus und nimmt an. »Hallo? ... Ja, guten Tag ... Gegen 16.00 Uhr? Ja, das geht ... Ja, natürlich, das weiß ich ... Ja, bis nachher. Wiederhören.« – »Wer war das denn?«, fragt Marianne. »Der Polizeipräsident.« – »Was will er?« – »Ich soll heute noch vorbeikommen und zwei Dokumente unterschreiben.« – »Dein Flug nach London geht doch schon um 18.15 Uhr.« – »Ja, das passt schon.« – »Sie fliegen heute noch nach London, junge Frau?« – »Ja, meine Weihnachtsferien sind zu Ende. Morgen geht mein Auslandssemester weiter.«

Frau Beaumont kommt nun zu ihrem Anliegen: »Es ist Ihr Familienname, der mein Interesse geweckt hat. Es waren Weisgerbers, die meinen Eltern, meinem Bruder und mir Anfang des Krieges zur Flucht verholfen haben, nach Frankreich zu meinem Onkel. Vorher hatten sie uns wochenlang in ihrem Weinkeller versteckt. Die Nazis hatten uns Juden ja das Leben zur Hölle gemacht, erst recht nach dieser ›Reichskristallnacht‹, wie sie es nannten. Vielen waren wir doch völlig gleichgültig, sie haben uns geschnitten und diskriminiert. Die Weisgerbers aber waren anders. Herr Weisgerber hat uns Kindern auf den Weinfässern eine Pritsche gebaut, damit wir besser schlafen konnten. Er hat sich auch um unsere Flucht gekümmert. Äußerst wagemutig und hochriskant war das. Er hat über einen Bekannten in der Französischen Botschaft Pässe besorgen lassen. Der Bekannte kam dann frühmorgens, als es noch dunkel war, mit einem Lastwagen, fuhr rückwärts bis vor das Hoftor, und wir konnten vom Hof direkt auf die Ladefläche steigen, ohne dass uns jemand gesehen hätte. Dann fuhr er in Richtung Flughafen und setzte uns auf einem Waldweg in der Nähe des Flughafens ab. Bei Tagesanbruch liefen wir dann mit zwei Koffern und zwei Taschen zum Flughafen.«

X

»Papiere!«

Der junge Gefreite mit dem markanten Scheitel und dem kurzen Oberlippenbart legt einen zackigen Auftritt hin. Der Mann gibt ihm die Pässe der beiden Kinder, den seiner Frau und seinen eigenen.

»Franzosen?«

»Ja.«

»Wann sind Sie eingereist?«

»Äh ... Anfang voriger Woche.«

Der Gefreite blättert in den Pässen.

»Wo ist der Einreisestempel?«

»Bitte?«

»Der Einreisestempel, wo ist der?«

»Äh ... ja, der müsste da wo sein ... äh ... schauen Sie mal ...«

»Moment!«

Der Gefreite macht auf dem Absatz kehrt und marschiert, aufgeblasen wie ein Truthahn und steif wie ein Nussknacker, in den Raum hinter der Abfertigungsstelle. Dort nimmt er Haltung an.

»Herr Oberleutnant?«

»Was gibt's?«

»In den Pässen hier ist keine Einreise vermerkt. Die Herrschaften behaupten, Anfang voriger Woche eingereist zu sein.«

Er legt seinem Vorgesetzten die Pässe auf den Tisch.

»Franzosen!«

»Ja!«

Der Oberleutnant gibt ihm die Pässe zurück.

»Gefreiter, lassen Sie sie ausreisen. Alles, was nicht deutsch ist, raus damit! Wegtreten!«

Der Gefreite nimmt Haltung an.

»Jawohl, Herr Oberleutnant!«

Er macht auf dem Absatz kehrt, marschiert zackigen Schrittes wieder zum Abfertigungspunkt und gibt die Pässe zurück.

»Sie können ausreisen.«

XI

Während Frau Beaumont berichtet, beginnt Wolfgang nachzudenken: »Sagen Sie, Frau Beaumont, wo war der Weinkeller, in dem Sie und Ihre Familie untergebracht waren?« – »In Döbling, im Wiener Norden, wo wir seit kurzem zu Hause waren.« – »Dann waren Sie bei meinen Großeltern untergebracht, Opa Oswin und Oma Gerlinde.« Die beiden blicken sich fasziniert und betroffen zugleich an. »Opa Oswin hat mehrmals davon gesprochen, eine jüdische Familie beherbergt zu haben. Er hat auch ihren Namen genannt, aber ich komme jetzt nicht darauf.« – »Rosenthal. Ich bin eine geborene Rosenthal. Ich bin Sarah, die Tochter der Familie.« Sie umarmt Wolfgang und beginnt zu schluchzen. Marianne holt ein Päckchen Taschentücher aus ihrer Handtasche und bietet Frau Beaumont eines an. Auch Bettina und Georg können sich vor Rührung einige Tränen nicht verkneifen.

»Ursprünglich stammen wir nicht aus Österreich, auch nicht aus Frankreich, sondern aus Deutschland, aus Krefeld am Niederrhein. 1902 gründete mein Großvater dort eine Seidenfabrik. 1925 übertrug er die Fabrik auf seine beiden Söhne, also meinen Onkel und meinen Vater. Das war ein Fehler, denn die beiden haben sich noch nie gut verstanden. Sie zerstritten sich in der Geschäftsführung. 1926 verließ mein Vater das Unternehmen und eröffnete als gelernter Hutmacher und

Schneidermeister ein Geschäft für Hüte, Hemden und Krawatten in der Krefelder Innenstadt. Dann kamen die Nazis und mit ihnen die Schwierigkeiten. Ganz übel kam es dann nach dieser ›Reichskristallnacht‹. Meinem Vater wurde das Geschäft verwüstet, mein Onkel wurde praktisch enteignet und die Fabrik preiswert an einen anderen Deutschen verkauft. Glücklicherweise konnte mein Onkel seine langjährigen Geschäftsbeziehungen nach Lyon nutzen und setzte sich auch dorthin ab. Ebenso wie Krefeld war auch Lyon eine bedeutende Seidenstadt und er kannte aufgrund der geschäftlichen Kontakte einige Seidenweber und Seidensticker persönlich. Bei einem konnte er ins Geschäft einsteigen und führte es nach dessen Tod als Alleininhaber fort. Mein Vater traute sich nicht nach Frankreich, er konnte kein Französisch. Als Hutmacher und Schneidermeister mit Leib und Seele versuchte er sein Glück in Wien, weil er die Stadt für modisch interessiert und aufgeschlossen hielt. Doch die Nazis waren inzwischen, seit März 1938, auch hier und beruflich bekam er keinen Fuß mehr in die Tür. Schlussendlich heuerte er bei Ihrem Großvater im Weinberg an, half bei der Lese und der Verarbeitung der Trauben.« Frau Beaumont macht eine Pause und trinkt einen Schluck Wasser; Bettina nimmt ihre Brille ab, hält sie gegen das Licht, nimmt ein Brillenputztuch aus der Tasche und reinigt sie; Georg öffnet ein Fenster. Dann fährt sie fort: »Als wir dann in Lyon gelandet waren, holte der Onkel uns am Flugplatz ab und wir fuhren zu seinem Atelier in der Innenstadt. Alles war neu, wir lernten erst mal die Stadt kennen, lernten ein paar Brocken Französisch und versuchten, uns irgendwie anzupassen. Nun waren mein Vater und mein Onkel wieder zusammen, aber es gab nur noch selten Streit. Die Not schweißte zusammen und wir alle hatten denselben Gegner, die Nazis. Nach einigen Monaten in der Stadt merkten wir, dass es in und um Lyon herum Gruppen von Menschen gab, die gegen dieses naziergebene Vichy-Regime ankämpften. Es waren Gruppen der Résistance - also Widerstandsgruppen. Großen Zulauf bekamen diese Gruppen, nachdem die Wehrmacht auch den Rest Frankreichs - also auch Lyon - im November 1942 besetzt hatte.«

XII

Mit einem leichten Plumpsen verschwinden drei Stücke Würfelzucker in den Kaffeetassen. Rasch sinken sie zu Boden und beginnen, sich aufzulösen, bis sie völlig verschwunden sind. Sich aufbrauchen, sich verzehren, sich opfern für Frieden, Freiheit und Gerechtigkeit, jetzt, konkret, vor Ort. Die Blicke gehen von den Rändern der Kaffeetassen über die Grenzen des Stadtplanes zu mehreren Kisten Dynamit in der Ecke.

Thierry ist ungeduldig: »Was haben wir riskiert, um diese Kisten Dynamit da zu bekommen, und jetzt stehen sie nur herum.« - »Die werden noch zum Einsatz kommen«, entgegnet Robert. Jacques schlürft an seiner Kaffeetasse: »Kommt Zeit, kommt Rat, kommt Attentat.« - »Ja, die Gewalt ist schrecklich«, sagt Thierry, »aber wir wissen, wofür wir es tun. Wir wollen die Nazis bekämpfen und Frankreich befreien.« - »Das ist gut und schön«, meint Robert, »aber dabei können wir nicht stehenbleiben. Wir sollten uns auch Gedanken über eine politische Ordnung nach dem Krieg machen, in der so etwas nie wieder vorkommt, in der die Völker sich gegenseitig achten und respektieren, in der Konflikte friedlich gelöst werden.« - »Auch gut und schön«, entgegnet Jacques, »aber das Ganze fängt bei den Menschen an. Alle Menschen müssen sich wieder als Menschen begreifen. Es gibt keine Herrenmenschen, keine Nichtmenschen, keine Untermenschen, keine Antimenschen und was da alles an Quatsch propagiert wird. Wir sind alle Menschen - mit Würde und unveräußerlichen Rechten. Das muss in alle Köpfe rein und auch für verbindlich erklärt werden. Und im täglichen Handeln sichtbar sein.« - »Recht hast du, Jacques«, sagt Robert, »Unterschiede zwischen den Menschen dürfen nicht dazu führen, sie als besser oder schlechter einzustufen. Und jede Ideologie, die die Menschen verblendet und in die Irre führt, gehört zerschlagen.« - »Hier in Europa«, fährt Jacques fort, »sehe ich auch ein großes Problem in der nationalen Überheblichkeit. Die Deutschen demonstrieren es gerade in extremer Weise. Aber die anderen sind von diesem Drang auch nicht befreit.« – »Eben«, meint Thierry, »ich denke, wir brauchen hier in Europa eine Institution, die über den Nationalstaaten steht, die diese in die Schranken weist. Ich kenne Widerstandsgruppen, die da schon detaillierte Konzepte ausgearbeitet haben. Das geht bis hin zu föderalen Strukturen – also so etwas wie die Vereinigten Staaten von Europa.« – »Das hört sich vielversprechend an«, entgegnet Robert, »Politiker können Strukturen und Rahmenbedingungen schaffen, das ist das eine, doch das reicht nicht. Wir müssen die Menschen überzeugen, wir müssen sie mitnehmen, sie für die Idee begeistern, ihr Herz erreichen. Dann wird der institutionelle Rahmen, den Politiker schaffen, auch mit Leben gefüllt. Deshalb beeindruckt mich auch sehr, was Luc und seine Gruppe macht, da in der Altstadt, rund um die Kathedrale: Plakate aufhängen, Flugblätter verteilen, die Untergrundzeitung drucken und verbreiten.« – »Luc und seine Gruppe? Hast du gehört, was da passiert ist?« – »Nein, was denn?« – »Letzte Woche, in der Nacht von Mittwoch auf Donnerstag, da war es doch so diesig, so neblig, da fühlten sie sich sicher und haben in der Innenstadt Plakate aufgehängt und Handzettel ausgelegt. Plötzlich bogen zwei Wagen der Gestapo um die Ecke und stellten sich ihnen in den Weg. Die vier Gestapo-Leute stiegen aus, zückten ihre Waffen und nahmen Luc und seine drei Mitstreiter und Mitstreiterinnen fest. Dann ging es zum Polizeipräsidium, wo ein grausames, von Folterungen durchsetztes Verhör folgte. Direkt danach haben sie Luc und Didier an die Wand gestellt, Claudine und Mireille auf die Guillotine gelegt.« – »Was, ehrlich?« – »Ja, leider.« – »Schade, die schönen Köpfe ...« – »Ach, Jacques, deine Sentimentalitäten tun hier nichts zur Sache. Kein Richter, kein Prozess und eine erschütternde Grausamkeit! Unfassbar! Da packt einen die blanke Wut!« – »Woher weißt du das alles?« – »Das stand am Montag hier in der von den Nazis kontrollierten Tageszeitung. Mein Vater hat es mir gezeigt. Außerdem haben Jean und Cécile es mir bestätigt, die letzten Verbliebenen von Lucs Gruppe. Jeans Arbeitskollege wohnt neben dem Polizeipräsidium, er hat die Schreie gehört.« – »Schrecklich! Aber für mich sind solche Leute Helden, ja Märtyrer. Sie haben ihr Leben für andere hingegeben, sich aufgeopfert, sich verzehrt. Genau wie die Stücke Würfelzucker, die eben in die Kaffeetassen hinabgesunken sind. Sie sind nicht mehr da – und trotzdem sind sie nicht weg. Sie sind verwandelt. In ihrer Auflösung zeigen sie ihre Wirkung. Und so ist es auch mit Luc, Didier, Claudine, Mireille und den vielen anderen, die ihr Leben hingegeben haben im Kampf gegen Unfreiheit und Barbarei, gegen Willkür und Ungerechtigkeit, gegen Antisemitismus und Menschenverachtung. Ihnen sind wir es schuldig, dass wir diesen Kampf fortsetzen, ihn gewinnen und, wenn es sein muss, auch unser Leben dafür hingeben, und wenn ...«

Plötzlich klopft es an der hinteren Tür, die zum Innenhof hinausführt: zweimal lang, viermal kurz, zweimal lang. »Das ist Maurice. Was will der denn jetzt?« – »Keine Ahnung, ich mach schon auf.«

Thierry geht an drei großen Weinfässern vorbei, erklimmt die schmale Steintreppe und öffnet die Tür: »Salut, Maurice! Komm rein.« Robert dreht an der Petroleumlampe, das Licht wird stärker. »Setz dich, Maurice. Was gibt's?« – »Meine Flamme, die Michelle, die arbeitet bei der deutschen Militärverwaltung, als Tippse, wisst ihr ja. Die Deutschen halten sie für total loyal. Sie ist beliebt, hält die Soldaten bei Laune und verdreht manch einem von ihnen den Kopf. Das kann sie übrigens sehr gut.« – »Das glaub ich dir sehr gern. Das hat sie bei dir auch geschafft.« – »Sehr witzig, Jacques. Auch wegen ihrer deutschen Sprachkenntnisse ist sie dort sehr gefragt. Was sie gestern da bei einer Dienstbesprechung gehört hat, hat ihr allerdings die Sprache verschlagen.« – »Dass das einer Frau passieren kann, hätte ich nie gedacht.« – »Jetzt halt endlich mal die Klappe, Jacques. Der Major vom Beschaffungsamt hat angekündigt, dass nächste Woche in der Nacht von Freitag auf Samstag ein Zug mit Kriegsmaterial von Mannheim über Straßburg, Mühlhausen und Besançon nach Lyon fahren soll, mit 24 Waggons!« – »24 Waggons?« Robert fällt die Kaffeetasse aus der Hand. »Das ist aber viel.« – »Wie wäre es, wenn wir das verhindern?«, sagt Thierry und nickt zu den Kisten Dynamit hinüber. »Wie stellst du dir das vor?« – »Über Besançon fährt der Zug, hast du gesagt. Dann überquert er hier oben bei Saint-Clair die Rhône.« Er zeigt auf den Stadtplan. »Wir jagen einfach die Brücke in die Luft, genau dann, wenn der Zug sie überquert.« – »Was?« – »Ach was, wir inspizieren morgen die Brücke, ganz unscheinbar und unauffällig, und treffen uns abends wieder hier im Weinkeller.«

XIII

Am nächsten Abend treffen sich die Widerstandskämpfer wieder im Weinkeller. »Und? Was sagt ihr zu der Brücke?« - »Gusseisen. Wie der Eiffelturm. Braun angestrichen ... ja, braun. Schwer zu sprengen.« - »Wie lang ist die Brücke?« - »420 Meter.« - »Die besten Ansatzpunkte bilden die Pfeiler: die beiden Ufer- und der Mittelpfeiler.« - »Wie kommen wir zum Mittelpfeiler?« - »Durch den schmalen Schacht neben der Trasse.« - »Der ist aber sehr schmal.« - »Ja, und? Dann ziehst du eben deinen Bauch ein!« - »Selbst wenn du ganz flach da drin liegst, gucken immer noch die Arschbacken oben raus.« - »Ist das denn schlimm? Von außen betrachtet könnte man meinen, es seien zwei Maulwurfshügel.« - »Jacques, du redest dummes Zeug! Seit wann gibt es auf Brücken Maulwurfshügel?« - »Von wo aus zünden wir?« - »Von der Kanalisation aus.« - »Kanalisation? Igitt, da stinkt es aber.« - »Unter dem Boulevard entlang der Rhône verläuft der Hauptkanal der Stadt. Der ist mannshoch, da kann man durchlaufen. Etwa 100 Meter vor der Brücke gibt es einen Schacht nach oben. Da kann man raus und rein. Von dort verlegen wir das Zündkabel mit den Stangen zu den Pfeilern. Und zwar nicht quer über den Boulevard, sondern direkt die Uferböschung hinunter, durch die Buchsbaumhecke hindurch und hinter der Buchsbaumhecke bis zum ersten Pfeiler. Verstanden?«

Alle nicken.

»So, und wer macht die ganze Drecksarbeit?«

Alle schweigen.

»Ich kenne jemanden, der dafür in Frage kommt«, meldet sich Robert, »erinnert ihr euch noch an den alten Lagrange? Den Seidenweber vom Republikplatz. In das Geschäft ist doch noch vor Kriegsausbruch ein Deutscher eingestiegen. Die Nachbarn sagten, dem hätten sie in Deutschland alles abgenommen und kaputtgeschlagen.« – »Wie, weil er Deutscher ist?« – »Nein, weil er Jude ist. Er hat Beziehungen hier nach Lyon gehabt, der alte Lagrange war wohl sein Geschäftspartner. Und seitdem er tot ist, führt der Deutsche den Laden allein weiter.« – »Mann, schwafel nicht so rum, komm endlich zur Sache.« – »Dieser Deutsche hat nach Kriegsausbruch seine Verwandten aus Wien hierhergeholt. Die haben da ja auch Probleme mit den Nazis bekommen. Und deren Sohn, den meine ich.« – »Ja, der Benjamin, den kenne ich. Klein und schmächtig, der passt in jeden Schacht.« – »Und Courage hat der. Der hat neulich einen Taschendieb gestellt und der Oma die Handtasche zurückgebracht. Den werde ich fragen. Wo wohnt der noch?« – »Am Republikplatz. Das Haus kannst du nicht verfehlen: Blaue Haustür, weißer Briefkasten, rotes Treppengeländer. Der alte Lagrange war Patriot. Und der Deutsche hat das nicht verändert. Das hat ihm viele Sympathien eingebracht.« - »Also, Robert, du gehst zu Benjamin und bringst ihn mit. Dann bis morgen Abend, hier im Weinkeller.«

XIV

Es ist stockfinster, 2.30 Uhr, mitten in der Nacht. Die Wolkendecke ist dicht, so dicht, dass das Leuchten des Mondes und das Strahlen der Sterne den Augen verborgen bleiben. Nur schemenhaft sind die Wellen zu erkennen, träge fließt das Wasser vorbei. Die Luft ist drückend und schwül, der Wind weht von Westen und frischt langsam auf. Die Grillen zirpen. Ein Gewitter zieht auf.

Düster ruht die Brücke auf ihren Pfeilern, von unheimlicher Stille umgeben, vor dem dunklen Horizont kaum zu erkennen. Fast scheint es, als würde sie in das Dunkel der Nacht übergehen, sich in der Finsternis auflösen ...

Vom Fluss her kriecht eine dunkle Gestalt die Uferböschung hinauf. Oben am Boulevard angekommen hält sie inne, schaut angestrengt umher und kriecht dann zügig zum Kanaldeckel. Sie schiebt ein Kabel mit dem Stecker vorweg durch eines von dessen Löchern. Unten wird das Zeichen verstanden: Der Kanaldeckel wird etwa zur Hälfte geöffnet und die Gestalt kriecht in den Schacht. Es ist eng und stickig, es stinkt bestialisch. »Hat alles geklappt, Benjamin?« - »Ja. Hier, steck das ein, dann steht die Verbindung.« - »Jetzt heißt es warten ... einfach nur warten.« - »Thierry, wie bekommen wir mit, dass der Zug kommt?« - »Das hörst du, Robert. 24 Waggons machen Lärm, werden wahrscheinlich von zwei Dampfloks gezogen, das bekommen wir mit.« - »Ja, aber ein Gewitter zieht auf. Ich habe in der Ferne schon Blitze über den Hügeln des Beaujolais gesehen. Was ist, wenn der Donner den Lärm des Zuges übertönt?«, wendet Benjamin ein. »Ja, und was ist, wenn der Zug Verspätung hat? Das kommt bei der Bahn doch öfters mal vor«, gibt Jacques zu bedenken. »Ruhe!«, brüllt Thierry, »ihr macht mich noch bekloppt.« - »Selber Ruhe«, zischt Maurice, »uns darf hier unten niemand hören. Michelle hat mir bestätigt, dass der Zug heute Nacht kommt. Sie erwarten ihn gegen 3.30 Uhr am Güterbahnhof. Das habe der Major bei der Dienstbesprechung gesagt.«

50 Minuten später. Das Gewitter ist in vollem Gange. Doch der Donner wird ergänzt durch ein gleichbleibendes, allmählich anschwellendes Geräusch. Der Zug kommt! Thierry quält sich den Schacht hinauf und hebt den Kanaldeckel leicht an. Da ist aber noch ein weiteres Geräusch. Ein Auto fährt über den Boulevard! Deckel runter! Schon dringt durch dessen Löcher das Licht der Scheinwerfer. Puh, das war verdammt knapp! Als das Auto verschwunden ist, hebt Thierry den Deckel wieder

langsam hoch. Da sieht er auf der anderen Seite des Flusses die Lichter der ersten Lokomotive. »Benjamin«, ruft er nach unten, »der Zug ist kurz vor der Brücke. Mach dich bereit!« Thierry zittert am ganzen Leib - und mit ihm der Kanaldeckel. Der Schweiß rinnt von der Stirn in die Augen, der Blick nach draußen ist verzerrt. Der Puls rast wie noch nie zuvor. Auch die anderen sind extrem angespannt und aufgeregt.

Die erste der beiden Lokomotiven erreicht die Kurve, an der die Gleise auf die Brücke einschwenken. »Benjamin, Achtung!«, ruft er nach unten. Verschwommen nimmt er die Szenerie wahr.

Die Zähne beginnen zu klappern, das Atmen wird schwerer. Beide Lokomotiven haben die ersten Meter der Brücke erreicht. Nach und nach ziehen sie einen Waggon nach dem anderen auf die Brücke. Fast haben die Lokomotiven das andere Ufer erreicht. »Jetzt!«, brüllt Thierry nach unten.

Mit einem ohrenbetäubenden Knall und einem erzitternden Erdboden stürzt die Brücke in sich zusammen. Teile von ihr sowie Teile des Zuges stürzen in den Fluss, Trümmerteile fliegen in alle Himmelsrichtungen, Schreie sind zu hören. Die Widerstandskämpfer klatschen sich gegenseitig in die flache Hand und umarmen sich nur kurz. Dann fliehen sie durch den Hauptkanal. Bald darauf ertönen Sirenen.

XV

Wolfgangs Smartphone piept. Er zieht es hervor und liest, was ihm Erhard, sein Chef, geschrieben hat. Seine Gesichtszüge verfinstern sich. »Das ist ja wohl ein starkes Stück!« – »Was ist?«, fragt Marianne. »Erhard schreibt mir wegen der beiden Kollegen. Er hat Nachricht vom Polizeipräsidium erhalten. Scotland Yard hat in London zwei Mitarbeiter des Caterers festgenommen, der die Pilotenkantine mit Essen beliefert. Vielleicht könnten die etwas mit der Lebensmittelvergiftung zu tun haben.« – »Was? Lebensmittelvergiftung? Und das bei den Sicherheitsstandards? Unglaublich!«, sagt Bettina. »Das kannst du laut sagen«, entgegnet Wolfgang, »da packt man sich doch am besten ein paar Butterbrote ein.«

Mit betroffenem Schweigen folgt Frau Beaumont dem Gespräch. Dann trinkt sie einen Schluck Wasser und nimmt ein Stück Gebäck zu sich. Nach einer kurzen Pause fährt sie fort: »Nach dem Krieg habe ich dann in Lyon meinen Mann kennengelernt. Ein Traumtyp, sage ich Ihnen, ich war hin und weg, als ich ihn sah. Ich war richtig vernarrt in ihn. Und er hat mir den Hof gemacht. Wir haben in Bistros und Sälen gelacht und getanzt. Und in den Hinterhöfen und Traboules, da haben wir Händchen gehalten und uns leidenschaftlich geküsst.« – »Was sind denn Traboules, wenn ich fragen darf?« Bettina ist neugierig. »Das sind schmale überdachte Verbindungswege zwischen Häusern und Innenhöfen, abseits der Straßen, auf keinem Stadtplan eingezeichnet. Da ist man oft ungestört. Davon gibt es viele in Lyon. Auch die Widerstandskämpfer im Zweiten Weltkrieg nutzten sie. Es war dort leicht, sich vor den Nazis zu verstecken und zu fliehen. Auch deshalb war Lyon ein Zentrum der Résistance.

Und dann gingen wir an einem herrlichen Sommerabend an den Ufern der Rhône spazieren, setzten uns auf die Uferböschung und schauten auf den Fluss. Auf einmal sprudelte es aus Robert nur so heraus. Er erzählte mir, dass er im Widerstand aktiv gewesen war und dass sie hier eines Nachts eine Eisenbahnbrücke in die Luft gesprengt hatten, um den deutschen Nachschub abzuschneiden. Er sagte mir, dass mein Bruder Benjamin mit dabei gewesen war, das Dynamit gelegt und auch gezündet hatte. Ich war sprachlos! Benjamin! Davon hatte er zu Hause nie etwas erzählt. Plötzlich verstand ich auch, warum die beiden sich immer so heftig umarmten, wenn Robert uns zu Hause besuchte.

Dann haben Robert und ich geheiratet. Er arbeitete damals als Redakteur bei einer regionalen Tageszeitung. Eines Tages bearbeitete er für seine Zeitung eine Stellenanzeige, in der das Außenministerium in Paris neue Mitarbeiter suchte. Ehemalige Mitglieder der Widerstandsbewegung würden bevorzugt eingestellt. Das ließ meinen Mann aufhorchen. Er bewarb sich – und wurde genommen, weil er so einfühlsam mit Menschen umgehen konnte, gute Manieren hatte, sprachlich versiert war und Kenntnisse in Deutsch, Englisch und Spanisch hatte – und sicherlich auch, weil er so gut aussah.« Frau Beaumont lacht und zwinkert mit den Augen. »Wir mussten also umziehen – nach Paris. Dort hat mein Mann zwölf Jahre lang gearbeitet. Nach mehreren Fortbildungen wurde er zum Kulturattaché ernannt – natürlich in Französischen Botschaften im Ausland. Und so ging es dann für sieben Jahre nach London, für fünf Jahre nach Madrid, für sieben Jahre nach Bonn. ›Herr Beaumont‹, sprach ihn sein Vorgesetzter eines Tages an, ›Sie bleiben im deutschsprachigen Raum. Wir entsenden Sie nach Wien.‹ So sind wir hierhergekommen. Mit 57 Jahren ist mein Mann an Krebs erkrankt, mit 59 hat er sich vorzeitig pensionieren lassen und mit 60 ist er dann verstorben. Ich habe dann noch 18 Jahre allein in der Wohnung gelebt und bin vor zwölf Jahren hier in die Seniorenresidenz eingezogen.«

Damit beendet Frau Beaumont ihre Schilderungen. Sie hinterlassen bei den Weisgerbers einen tiefen Eindruck. Neugier wurde befriedigt, eine Zeitzeugin entdeckt und bisher unbekannte Beziehungen wurden aufgedeckt. Nach einem Moment nachdenklichen Schweigens brechen die Weisgerbers auf, verabschieden sich herzlich und mit viel Dank von Frau Beaumont, versprechen, in Kontakt zu bleiben und, wenn es möglich ist, auf einen Besuch vorbeizuschauen.

Bettina geht als letzte zur Tür hinaus. Noch einmal winkt sie Frau Beaumont zu. Dabei fällt ihr

Blick auf das Schälchen mit Würfelzucker mitten auf dem Tisch.

Nachwort

Liebe Leserin, lieber Leser,

ich schreibe diese Seiten im Frühjahr 2020, inmitten der Corona-Pandemie, einer durch ein neuartiges und aggressives Virus bedingten Krise, die massive Einschnitte im persönlichen und gesellschaftlichen Leben mit sich bringt.

Vor 75 Jahren endete, zumindest in Europa, der Zweite Weltkrieg, die bis dahin größte menschliche Katastrophe. Aleida Assmann schreibt dazu in ihrem mit dem Friedenspreis des Deutschen Buchhandels ausgezeichneten Buch *Der europäische Traum. Vier Lehren aus der Geschichte:*

Der Zweite Weltkrieg wurde von Deutschland von Anfang an als ein Eroberungs- und Vernichtungskrieg geführt, in dem drei verschiedene Formen von Gewalt ausgeübt wurden:

- Gewalt gegen »Feinde« – das war der Krieg im Westen;
- Gewalt gegen »Untermenschen« – das war der rassistisch motivierte Krieg im Osten gegen »slawische Untermenschen« im Rahmen eines entfesselten Sozialdarwinismus;
- Gewalt gegen »Nichtmenschen« – das waren die Juden als Phantasma des inneren Feindes, denen

(ebenso wie den Sinti und Roma) der Status des gemeinsamen Menschseins abgesprochen wurde.

Die Antwort auf den Holocaust war vor allem die neue Rechtsnorm der »Verbrechen gegen die Menschlichkeit«, die nach den Nürnberger Prozessen sehr bald durch zwei transnationale Grundsatzerklärungen untermauert wurde. Die eine war die 1948 unterzeichnete »Erklärung der Menschenrechte«, die mit dem Satz: »Die Würde des Menschen ist unantastbar«, in die Präambel der deutschen Verfassung eingegangen ist. Die andere war die im selben Jahr 1948 der Menschenrechtserklärung hinzugefügte Genozid-Konvention von Raphael Lemkin, die 1951 in Kraft trat. All das waren konkrete Antworten auf die Einsicht, dass hier kein normaler Krieg zu Ende gebracht worden war. Nach einem Krieg stehen sich Sieger und Verlierer gegenüber, die das Ende der Kampfhandlungen in einem Vertrag besiegeln. Nach einem Genozid gibt es keinen abschließenden Vertrag, sondern ein anhaltendes Trauma, an dem drei Gruppen beteiligt sind: Täter, Opfer und Zuschauer. Von besonderer Bedeutung sind dabei gerade auch die Zuschauer, weil sie nicht verfolgt wurden und daher selbst als eine moralische Instanz entscheiden konnten, ob sie zu Komplizen der Täter oder zu Zeugen der Opfer werden wollten.

(Aleida Assmann, *Der europäische Traum. Vier Lehren aus der europäischen Geschichte.* München 2018, S. 32f.)

Dem ist nichts hinzuzufügen. Die Vergangenheit ist Mahnung und Verpflichtung für die Zukunft zugleich. Es liegt heute in unseren Händen, das viel zitierte »Nie wieder!« nicht kurzatmig mit den Lippen, sondern glaubwürdig durch die eigene Haltung zu bezeugen.

(Autor)

MIX
Papier aus verantwortungsvollen Quellen
FSC® C083411

Bibliografische Information der Deutschen Nationalbibliothek:
Die Deutsche Nationalbibliothek verzeichnet diese Publikation in der Deutschen Nationalbibliografie.
Detaillierte bibliografische Daten sind im Internet über http://dnb.d-nb.de abrufbar.

Titelabbildung: alhontess | stock.adobe.com

Printed in EU
Literareon im utzverlag
Tel. 089 – 30 77 96 93 | www.literareon.de

ISBN 978-3-8316-2274-0